U0355300

大学者随笔书系

DAXUEZHE SUIBI SHUXI

老实说了

刘半农随笔

Liubannong Suibi
LAOSHI SHUO LE

北京大学出版社
PEKING UNIVERSITY PRESS

图书在版编目(CIP)数据

老实说了　刘半农随笔/刘半农著．—北京：北京大学出版社，2010.11
(大学者随笔书系)
ISBN 978-7-301-17859-1

Ⅰ.①老…　Ⅱ.①刘…　Ⅲ.①随笔－作品集－中国－现代　Ⅳ.①I266.1

中国版本图书馆 CIP 数据核字(2010)第 192824 号

书　　　名：老实说了　刘半农随笔
著作责任者：刘半农　著
策 划 组 稿：王炜烨
责 任 编 辑：王炜烨
标 准 书 号：ISBN 978-7-301-17859-1/K・0713
出 版 发 行：北京大学出版社
地　　　址：北京市海淀区成府路 205 号　100871
网　　　址：http://www.pup.cn　电子信箱：zpup@pup.pku.edu.cn
电　　　话：邮购部 62752015　发行部 62750672　编辑部 62750673
出版部 62754962
印　刷　者：北京大学印刷厂
经　销　者：新华书店
787 毫米×1092 毫米　16 开本　14.75 印张　186 千字
2010 年 11 月第 1 版　2010 年 11 月第 1 次印刷
定　　　价：33.00 元

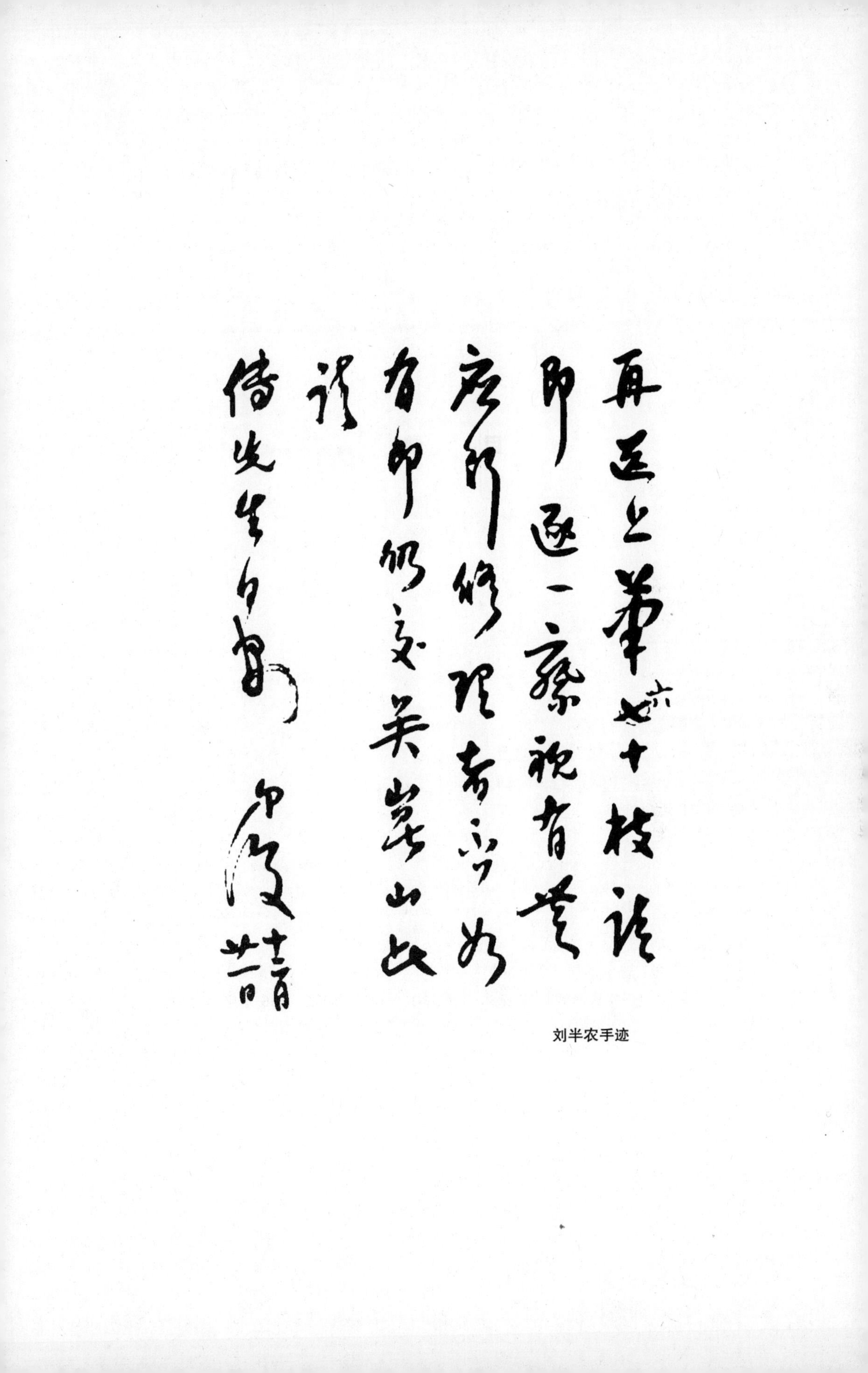

刘半农手迹

目　　录

激扬文字

Contents

学问边上

书里书外

激扬文字

>>> 劉半農 老 实 说 了>>> 老 实 说 了>>> 老 实 说 了

欧洲花园

译 Affonso Henriques Silva 所作“Jardim da Enropa”

一 千九百十六年三月十一日

晨起，行于市，见鬻报之肆，家家咸树一竿，竿头缀巨幅之布，或悬径尺之板，署大字于上，以为揭橥，曰“葡萄牙宣战矣”。此数字着吾眼中，似依恋不肯即去；而吾当举目凝视之时，心中感想何若，亦惘然莫能自说，但知战之一字，绝类哑谜，难测其奥。七百年前，吾葡萄牙甚小弱，其能张国威，树荣名，自跻于大国之列者，战为之也。及后，阿尔加司克伯尔之役，摩尔人败吾军，僇吾主，摩尔人(Moors)居非洲北岸，为阿剌伯及巴巴利人之混合种，不信耶教。千五百五十七年，葡王约翰三世(King João III)死，其孙撒拔司丁(Sebastiâo)嗣位，只三岁，王伯祖摄政。至千五百六十八年，王十四岁，归政。王年少英敏，嗜运动及冒险之事，又笃信宗教，亲政既十年，恶摩尔人之无化，集国中兵万四千众，以千五百七十八年六月二十五日，自葡京里斯朋（Lisbon）出发，渡海征摩尔。八月四日，战于阿尔加司克伯尔（Alcacer-Keb'ir）大败，王死乱军中，万四千人及从征诸贵族，或死或俘，无有还者。事平，有得王尸者，见身受数十剑，血肉模糊，衣冠类王外，莫由辨真伪，遂运归，葬于白仑寺（Convent of Belem），其曾祖马诺欧王（King Manoel）所建者也。或谓归葬者实非王尸，王之死，不在战场，而在被虏于摩尔之后云。以撒拔司丁之英毅，竟不蒙天佑，身死国辱，隳其祖宗之遗烈，而令吾葡萄牙人屈伏于人者，亦战为之也。嗟夫，吾葡萄牙固昔日之泱泱大国也，光焰烛天，荣名盖世，以今之小，视彼之大，数百年来，爱国之士，殆无一不悲愤填膺，叹为昔日之盛，恐终古不能见诸今日也。然昔日之盛，果即终古不能见诸今日乎？则其事犹待解决，固无人能知之，亦无人能断之也。今葡萄牙宣战矣，祖宗之灵，已归相吾辈，吾辈将来运遇，为蹇为吉，容可即此决之。夫以吾葡萄牙先人之事业，曾于惊世骇俗中辟一新纪元，曾于探幽穷险中辟一新纪元，曾于人心能力中辟一新纪元，吾人幸而为其子孙，岂可昏昏过去，而不一念其遗烈邪？且亦岂一念即了，以为昔日之事，仅一光荣之幻梦，今梦醒情移，不妨于夕阳西下时，歌俚歌，徘徊于颓垣破宇间，摩挲旧迹，视为考古之资，而不以先人之遗命，为前进之铙吹，希望之宝库耶？诸君英人；英人，果敢人也，御木纳之假面，而藏锋镝于其中；善画策，平时一举手，一投足，悉资以造策；策备，乃待时而动。人之论诸君者，每谓英人何狡若游龙，不可捉摸。不知诸君固自有主意，初非动于一时之情感也。职是故，诸君恒视吾辈为怪物，谓葡萄牙人善作梦，当晴日当空，气候温暖，则葡萄牙人梦矣：置身园中，见橘树及夹竹桃之花，灿然齐放，微风送香，则色然喜，如登天国，曾不一思来日之大难；似此举国皆梦，茫然不知世间复有白昼，国几何而不亡。诸君以此责吾辈，吾辈敢不唯诺；盖吾葡萄牙人固善梦之民族，常自承不讳也。然吾辈所梦，未必即符诸君之所测。乃有一梦，作之数百年矣，今犹未醒也。自当年撒拔司丁王遇害，国人悲之，北自格利西亚，南迄亚尔客夫司极边，凡言及此王，莫不嘘唏悲叹，谓王英气过人，春秋甚富，貌昳丽如少女，国人莫不愿为效死；以王其人，在理当展其雄略，建万世之功，不能即此淹忽；于是佃佣村媪，撰为齐谐，父诏其子，母语其女，谓王实未死，今睡耳，异日且归；至今山村酒肆间，老农辈偶谈故事，犹坚执此说。此非数百年来醒之梦耶？诗人嘉穆恩有句云："Antiga fortaleza a lealdade d'animo enobreza。"嘉穆恩(Louis de Camoens)生千五百二十四年，死千五百七十九年；此二句以英文直译之为"Ancient vigour and loyalty of mind and nobleness"。吾今亦作此想，想诸君闻之，或将匿笑。然英国诗人，不亦尝谓神话村谈，幻梦怪想，均自具哲理，不能视为妄谬耶？又吾葡萄牙农民，都朴质寡文，与自然界甚接近，故为状绝类小儿。方吾儿时，乳母为吾述神话，吾自摇篮中听之，恒心慕神仙，谓他日吾长，亦神仙也。今老农辈之于撒拔司丁，亦犹吾儿时之于神仙耳。慕之既切，信之既深，苟有机缘以通其壅，有不誓死直前，使失诸撒拔司丁者收诸今日耶？且物极必反，失败之后，或转光荣；痛苦既深，每多欢乐；毅力之刃，炼自患难之炉；破产之父，临终涕泣，遗孤奋勉，必昌其家；中谓葡萄牙即此萎化不振耶？今葡萄牙改民主政体矣，吾犹于撒拔司丁深致惋慨，闻者幸弗以吾为王党余孽，亦弗以吾如此立论，事关政治，当知吾于葡萄牙全国之中，一切政党政客，多无所憎好，亦无所信仰；所自信者，但有国魂。昔耶稣基督未降生时，犹太人期望基督至切，谓必基督生，乃能救民水火。及耶稣既生，以基督自任，虽犹太教徒及市井无赖众起反对之，而终无损于基督。基督者，盖应乎人人心中之愿望而生，所谓果生于因也。今吾与邦人，既深信撒拔司丁之必归，执彼例此，安见撒拔司丁之果不来归耶？来归之后，选旧材，鸠旧工，重建旧邦，又安见其根底之固，不尤十百往时耶？世之论者，又岂能决言吾葡萄牙神话，尽属荒渺无稽耶？虽吾生有涯，而世变靡定，撒拔司丁来归，果在吾一息未尽之前，抑在吾此身既了之后，吾不自知。要之，吾为挚信撒拔司丁必归之人，吾即可屏绝一切王党民党，自立一党曰撒拔司丁党。隶党中者，吾本人外，即全国佃佣村媪，至今犹深信撒拔司丁未死之人。其导吾入党者，则为吾乳母玛利，今已死矣。吾读书识字，所读历史之书，自小学以至大学，聚之亦可成束，然求其趣味浓郁，摹绘往年事实，栩栩欲活着，殆多不如吾乳母所述之故事。有时于故事之后，殿以俚词，抚余顶而歌之，尤能深镌吾脑，令吾永不遗忘。今日身在伦敦，见街旁鬻报肆中有葡萄牙宣战之揭橥，遂使余热血鼓荡于中而不能自己[已]者，胥吾乳母玛利之力也。玛利居茫堆司州，其地甚冷僻；小说家每谓茫堆司者，未经世人发见之沙漠也；又曰，茫堆司为文明不及之地，以茫堆司道路崎岖，居民寥落，逆旅既朴俭有上古风，旅行之士，亦遂裹足；凡一切奢侈安适之具，世人美其名曰进步云者，胥不能于茫堆司求之。吾葡萄牙编户之氓，多崇实黜华，茫堆司尤甚，游其地，接其人，不识字者几居什九；然字内灵气，实钟其身；记力理想，均高人一等；怀旧之念，尤时时盘旋胸中；与谈旧事，自白发之叟，以至三尺之童，莫不仰首叹息，似有无限悲苦。玛利生于其地，呼吸其空气既久，女子也，而怀抱乃类爱国伤心之士。所居在山中，祖若父均业农。山中之地，自经垦植，能产嘉谷；而老农辈时时侈道旧事，指山中古迹以示后昆，谓某山之麓，尔祖宗鏖战之地也；某水之滨，尔祖宗饮马之处也；虽不免穿凿附会，而鼓铸国魂之功，实与垦植土地同其不可磨没。吾国为地球古国，曲绘其状，当为一白发萧萧之老人。老人天性，多喜神话，故二千年前罗马侵占吾国之神话，至今犹传说勿衰。余以神话无稽，素不研习，顾于鼓铸国魂之神话，则颇重视，谓圣经寓言而外，足为精神界之宝物者，唯此而已。吾今已长，玛利亦已物化，而玛利小影，犹在吾目；吾六岁时玛利携我抚我之事，思之犹如昨日。记得玛利恒赤足，而性情和厚，举止温雅，不类乡村蠢媪；面棕色，微黑，然修剃甚净，不以黑而妨其美；目大，黑如点漆，似常带悲楚，而口角常露笑容；平时御红棕色之衣，淡橘色之披肩，裙则天鹅绒制，黑色，旁缀小珠；首裹一巾，玫瑰色地，琥珀色文，自前额至后颈，尽掩其发，两耳垂珥，黄金制，甚长，下垂几及其肩；自颈至胸，围一金链，上缀小十字架及金心无数，问之，则以祖传对，谓每一十字架，或一金心，即为一祖先之遗物云。是日之夜，余独处逆旅，脑思大动，恍如吾已退为小儿，与玛利相处，身居祖国，浓雾迷漫，山谷间尽作白色，羊颈之铃，锵锵不绝，牧羊之童，则高声而叱狗；又似时已入夜，启窗外望，天上明星闪烁，如与吾点首，风自西来，动庭前松树，飒飒作声；松下忍冬花方盛开，风送花香，令人心醉；玛利则徐唱俚歌，抚余就睡，歌曰："风吹火，火小则灭之，火大转炽之；同心而别离，毋乃类于斯。"

Como o vento é para o fogo

E a ausencia para o amor;

Se é pequeno apaga-o logo,

Se é grande, toma-o maior.

此歌直译英文为"As is the wind to the fire, so is absence in love. If love be slight, it is soon less; it great, greater it will grow"余觉歌味隽永，神魂回荡，不觉昏然入睡。

二 四月一日

余仍在伦敦，蚤起，天作鱼白色，阴云下垂，似上帝蹙额，闵世人之疾苦。风自东来，奇冷，着人欲战。余凭阑远眺，百感交集，思吾祖国昔日之光荣，今已消散，今日之事，犹在扰攘中，云稠烟重，不能遽判其结果；则将来者，其为希望与否，为不蹶不振与否，亦岂能预说耶。思至此，觉万念多冷，但有悲叹。忽街头一卖花者，手一木筐，中置紫罗兰花，高声求卖，花上露珠未干，颜色鲜艳，似迎人而笑。余一见此花，斗如冰天雪窖之中，骤感春气，一息一呼，都含愉快，盖此小小之花，足导吾灵魂，使复返儿时也。记得六七岁时，一日，园中紫罗兰方盛开，玛利挈吾同坐花砌之旁，见天色明净，一碧如洗，日光作金黄色，着人奇暖，而玛利为吾娓娓道撒拔司丁遗事，吾聆之，亦觉希望幻梦，都美丽放金光也。玛利之言曰："人言撒拔司丁王已死者，妄也。当王渡海出征时，师船千艘，银樯锦帆，貔虎之士，万有四千。既渡海，胜亦进，败亦进，创深矣，流血成渠矣，而掌帜之弁，犹扬旗而前，旗色如雪，映耀日光，幻为奇灿。及势尽援绝，王犹跃马独出，溃围三次，披杀摩尔三十九人；力尽，乃见禽。尔时，夕阳西下，斜烛战场中，尸骸枕藉于地，中有葡萄牙人万三千；掌旗之弁亦受创死，然犹握旗于手，不肯放；旗本白色，昔曾飞扬空中，与青天之色争艳者，此时血渍满之，倒地作惨红色，似为死者鸣其悲愤。呜呼，王竟败矣，王为上帝之故而出师，竟不蒙上帝之福矣。王既成禽，摩尔人载之归，梏其手足，纳地狱中，令终岁不见天日。王羞忿交并，每值黑夜，闻狱外鬼声呜呜，与风声潮声相和，心辄暴痛，如欲裂为千万，自言曰："嗟乎上帝！吾以渺渺之身，临世界最富最强之国，窃愿上答帝恩，树十字架于世界尽处耳。今不幸而败，岂吾已永永不能与吾民相见耶？岂吾已永永不能更见曜灵之光耶？岂吾已永永不能乘吾战马以临敌耶？岂吾已永永不能挥吾宝刀，率吾战士，战彼丑虏耶？'王战创本剧，益以悲怆，生活之力日消，未几即纳其灵魂于上帝。"玛利语至此，稍息，余静坐其旁，屏息欲聆其续，颇不耐，问曰："其后如何？"玛利曰："其后，一日，时在四月，朝阳方起，有微风自东来，挟魔力，透地狱之坚壁而入。王在狱中，忽闻乐声悠扬，若远若近，又有紫罗兰香，随风而至，启目视之，则石壁已消，但有大海；海上青天如笠，日光暖和，傍岸在一船，金舷锦帆，庄严夺目，船头立一银甲神，曰圣密察尔，见王，即引登船上，驶向海天深处，顷刻不见矣。"余曰："王既出狱登船，驶向海天深处，想必甚乐。"玛利曰："否，王戚甚，身虽出狱，心实系念吾民。登舟后，问圣密察尔曰：'至高至贵之天使，吾不知何日何时，得返故国。吾知吾国之民，今方痛哭不止，悲我运遇，又日日祷天，求上帝佑吾归国。吾民之意，殆以吾苟不归，吾葡萄牙决无发展国威之日。至高至贵之天使，能示我归期否？'天使笑而不答，王再三问，则曰：'究在何日，吾亦不能预指。但汝既思归甚切，汝民又念汝勿舍，亦终有归期耳。汝其静俟上帝之明诏。'"此上云云，玛利当春花盛开，秋月初上之际，为吾讲述者殆不下百十次，余每聆一次讫，必问曰："不知今日王归否。"玛利曰："今日不归则明日，明日不归，亦终有一日归也。"诸君英人，疆域占全球五之一，尚勇进，不知回顾，闻吾此言，必斥为幻梦。然而举国精神汇聚之焦点，果为幻梦与否，吾可引诸君人人诵习之格言以相答也。格言曰：“毋或扰女，毋或恐女，万变运行，帝独相女。”

Let nothing disturb them;
Let nothing affright them;
All passeth.
God only remaineth.

1916年9月

阿尔萨斯之重光

"Alsace Reconquered", Piere Loti 作，据英文本译

此时为千九百十六年七月，更越一月，即为阿尔萨斯光复后吾初次旅行其地之一周纪念矣。尔时吾与吾法兰西民主国总统同行。总统之临莅其地，事关军国，初非徒事游观，故行程甚速，未暇勾留。至总统所事何事，则例当严守秘密，勿能破也。

吾侪抵阿尔萨斯时，天气晴畅，尝谓晴畅之天气，能倍蓰吾人之快乐，其效用如上帝手执光明幸福之瓶，而注其慈爱之忱，福此有众。是日气候极热，南方蔚蓝深处，旭日一轮，皓然自放奇采，尽逐天上云滓，今清明如洗；而四方天地相接处，则有群山环抱，郁然以深。山上树木繁茂，时当盛夏，枝叶饱受日光，发育至于极度，远望之，几如一片绿云，又如舞台中所制至精之树木背景，而复映以绿色之电光；山下平原如锦，广袤数十百里间，市集村落，历历在望；而人家门口，多自辟小园，以植玫瑰。此时玫瑰方盛开，深色者灼灼然，素色者娟娟然，似各努力娱人；吾欲形容其状，但有比之醉汉，盖醉汉中酒则作种种可笑之状以娱人，而其自身则不知不觉，但有劳力而无报酬也。阿尔萨斯所植玫瑰，玫[非]仅大家庭园中有之，食力之夫，家有数步余地，所植者玫瑰也；既无余地，而短垣之上，枝叶纷

披，中有径寸之花，红紫争辉者，亦玫瑰也。玫瑰为世间名卉，通都大邑，尚不多得，而阿尔萨斯人乃种之如菽粟焉。

总统所乘汽车驰骋极速，车头悬丝制三色国旗，旗顶悬金线之缕，乃总统出巡之标志。时微风鼓缕，飞舞空中，车所经处，恒有一缕金光，盘旋顶上。吾侪行前，并未通告大众，同行者总统与余而外，仅有机夫；侍从卫队，悉屏弗用。意谓抵阿尔萨斯时，事类通常游客，不致惊动居民。谁料一履其境，即有少年多人，踏车疾走于汽车之前，每遇一人，或抵一村落，则举手扬帽，高呼“总统至矣!”吾侪势不能禁也。其尤健者，则先吾车数分钟而行，中途且噪且舞，报其事于村人；村人闻讯，立即悬旗致敬，故吾车虽速，而每至一村，即见家家窗户洞启，悬国旗于檐下，其布置之速，如着魔力。所悬旗，三色国旗外，尚有红白二色之阿尔萨斯州旗。此乃阿尔萨斯人心中至爱之一物，凡有血气，莫不誓死以争。今阿尔萨斯之旗，复为阿尔萨斯所有矣。所悬三色国旗，新制者什八九，间有一二已陈旧，不复鲜明夺目，则尤当视为神圣之纪念，盖尝屈于德意志之淫威，密藏箧底，黯然不见天日者，四十余年于兹矣。

吾车过处，欢呼之声，上彻云表，旁震山谷。聆其声，观其舞蹈欢腾之状，知此非皮面之敬礼，实自心底迸裂而出也。

各处房屋，墙上时见弹孔，大小不一；房屋之毁于炮火，栋折梁摧，但余败址者，亦比比而是。然此等景象，见于他处则为千疮百孔，满目荒凉，于阿尔萨斯万众欢呼中见之，转足令人悠然神往，叹为国魂之所凭寄。又礼拜寺旁，累累新冢，十倍平时，观其新立之十字架，纯白如雪，光芒四射，则热泪不禁夺眶而出，自语曰：吾法兰西好男儿殉国而死，今长眠此中，愿其灵魂安息之地，勿更沦于异族之手也。

吾侪每至一村，辄少停；停留之处，首村长办公所，次小学校；出校登车，即展机直驶次村。大约每停不逾十分钟，总统即尽此十分钟之长，以与父老子弟握手，或作简短之演说，慰其既往，勖其将来。最有趣者为小学校学生。此辈小国民在阿尔萨斯未光复前，所操者德国语，所读者德国书，今数月耳，而总统问以简单之问题，即能用法语相答；或总统用法语述一故事，若寓言，若神话，以娱之，亦能一一了解，无所疑难。是可知德人能制人以力，不能贼人之性灵也。又有幼女成群，环绕车前，以所制小花圈上总统，总统笑受之，全车尽满。此等幼女特自旧箧中出其母若祖母幼时所御之衣衣之，红衣而金裳，帽缀丝带结，飘飘如彩蝶之对舞，见者几疑置身四十年前之阿尔萨斯也。当幼女辈环列车前上花圈时，余问："总统突如其来，尔等何能预备及此?"则欢呼云："竭力赶办耳。"观其面赤如火，汗流如浆，言竭力赶办，信也。然其心中欢喜如何，非吾笔墨所能形容矣。

各村房屋，前此开设商店者，此时尚有德人之遗迹可见：如食肆之不为 restauant 而为 restauration，剃发店之不为 coiffeur 而为 friseur，烟草肆当作 tabac，而德人易其末一字母为 k。凡此种种，多不足为阿尔萨斯羞，徒令后人笑德意志人之枉费心机而已。

吾侪留阿尔萨斯仅二日，然已遍游其地。闻德人治阿尔萨斯时，朝布一政，暮施一令，揭示至多，今已片纸无有矣。然此时德人尚未远去，其驻兵地点，即在阿尔萨斯四境群山之外。在理，两国战事未已，苟吾侪有所畏惧，决不敢行近山下。然总统生平，胆量极豪，自言倘惧德人，即不应来此。因驱车，巡山下一匝，而山后德人，竟未以武力相待，亦甚幸矣。且吾侪行时，非寂然无声也，人民欢呼之声，高唱《马赛曲》之声，和以军乐及鼓角之声，其响可达十数里外，而相隔仅有一山，德人非聋，胡能弗觉。又德人以间谍名于世，间谍所用远镜，日不去手，此时吾辈高扬三色国旗，有无数人民结队而行，岂其远镜已毁耶？故余谓总统：德人诚懒汉，此时倘以巨弹来，吾辈势必尽歼。然弹竟不至，亦始终未闻枪炮声，而两日中人民欢呼若狂，自庆其终得自由，竟未有丝毫悲惨之事，如病死埋葬之类，以破其兴会，亦难能矣。

阿尔萨斯人之眷怀祖国，及其光复后万众欢腾之状如是，而德人犹谓按诸地势，揆诸人事，阿尔萨斯当属德，不当属法。似此不经之言，盛行于莱茵河之彼岸，宜也，不幸而渡河，无识小民信以为确，犹可恕也；奈何前此衮衮诸公，自号专政学家者，亦从而信之，以厚负吾法兰西之阿尔萨斯耶！

1916 年 12 月

琴魂

译 Margaret M. Merrill 所作“The Sonl of the Violin”

［布景］一间极破烂的顶楼，墙壁窗户多坏了；里面只有一张破椅，一张破桌；地上堆了些草，是当卧榻用的。桌上有一个旧酒瓶，瓶顶上胶了一小段蜡烛。蜡烛正点着，放出一星惨淡不明的黄光，照见桌旁坐了个容颜憔悴的男人，慢慢的开了桌上的琴匣，取出一张四弦提琴，向它点了点头熟视了一会，似乎痛爱到什么似的；又将它提了起来，同他自己枯黄的脸并着，当它是个懂得说话的人，向它说：

老朋友，完了，什么都完了！此刻我们俩只能说声“再会了”！上帝知道：我心上恨不能把自己的身体卖去了代替你，只是我这个人已是一钱不值，而你，你这宝贝，咳！你知道么？那边街上住了个歇洛克，他把我什么东西多搜括了去，所剩的只有个你，现在他又要拿出一百磅来把你也搜去了。咳！你想想：我这人背上没有一件褂子，顶上没有一片天花板，口中没有一些儿面包屑，一旦有这一百磅来，那么，你可不要怪我性急：你只是几片木头拼合了，加上几条不值钱的弦，要是拼我一个人饿死在你身上，总有点儿不上算。要是即刻下楼，再走几步，把你交给那掌柜的，那就什么事多办妥了，一百磅就到手了。我得了这一百磅，可以马上离开了这耗子窠，外面去找间好房子住着；可以买些一年来没有入口的好东西吃，再可以同一班朋友们去混在一起，重做他们伙伴中之一份子。唉！一百磅，得了它简直是发财，简直是大发其财了。至于你，你既不知饥饱、又没有什么灵魂——且慢，我能断定你没有灵魂么？

说着，把手拨动各弦，一一侧耳静听，听了一会，说：

你那E弦已低了些了。可是，有什么要紧呢，还得卖。

他已打定注意，立刻开了琴匣，想把琴装好了，随即提出去卖。忽然怔了一怔，听见琴弦之上，呜呜的发出一种哀怨之声，他大奇，连忙住了手，重新提出琴来，搁在脖子上擦了两擦，说：

怎么！老朋友，难道我把你卖去，竟是有害于你么？唉！我错待了你了，你竟是有心的，有知觉的，并且还有些记忆力，能追忆旧事的。

且让我来想想看：究竟有多少时候了？二十，三十，三十五年。呀！我一世之中，大半世是同你共在一处的。你我未遇之前，你的身世，我也很知道些。记得你搁置的所在，是一家希旧的铺子。铺主是个白发萧萧的老者。他与你相共，还不止三十五年，所以把你看得分外希罕，每见客人来到，便将你取了出来，读你身上所刻的字："克雷孟那，一七三一。"可是，他别种东西多肯卖，却不肯卖你。这也因为他老人家有饭可吃，并不像我这样饿着肚子啊。那时候，除这老人之外，我便是最痛爱你的一个人，每见了你，总喜把你捧在手中，听你唱一曲歌。只因那老人不肯卖，我便朝朝暮暮的想着你，那种渴想的神情，无论什么事都是比不上的。后来有一天，那老人忽然把我叫到了他铺子里，向我说："你把自己的旧琴送给我，我就把这克雷孟那送给了你罢。"我很惊讶，说："怎么！你竟肯把这宝贝送给我么？"他说："是的。因为我年纪已老，我这铺子不久就要倒给别人。要是倒给别人之后，把这克雷孟那卖到了什样糊涂人手里去了，那就不是我数十年来竭力保存的本意了。现在想来，日后能同我一样保存这琴的，只有个你，所以不如送给了你。"那时我怎样喜欢，真是有口说不出。我把你拿到家中之后，随即提起弓来，在你那四条弦上咿咿呜呜的拉，直拉到半夜还不肯罢手。自以为自此以后，我是世界上最快活的一个孩子了。于是每到什么地方，总把你携在身间，不能一时一刻离了你；就是有人要拿整个世界来交换，我也决然舍你不得。唉！你知道，那时我的肚子不饿啊，到了现在，可就大不相同了。

他仍把脖子倚在琴上，举起一手，慢慢的抚摩琴上的四条弦。他一半儿像醒，一半儿像在做梦；一壁说着话，一壁连自己也不知道说些什么。

唉！我们俩同在一起观看这花花世界，已有三十五年了。世界上的滋味，甜的苦的，我们俩都已尝到了。上自国王，下至乞丐，也都已听到了你，赏识到了你了。你还记得么？有一天晚上，我们俩同在柏林，在一家戏院里奏了套《梦中曲》，忽然右边包厢里，有一个妙龄女郎，从手中取了朵绝大的红玫瑰，对着戏台掷来，恰巧不偏不倚，正掷在你身上，那花柄上一个刺，又却巧绊在你弦上。我正想徐徐取它下来，却不防花已损了，只觉眼中一红，一阵鲜血似的花瓣儿，已纷纷堕至脚下。于是我伤心已极，即提起弓来，奏了一曲《最后之玫瑰》；你那弦上，也不期然而然的发出一种凄凄切切的颤音来。唉！我在那时，已早知道你是个有情之物了。到一曲奏完，我向台下一望，有无数眼睛，同时在那儿流泪。而那掷花的妙龄女郎，竟是泣不可仰，似乎她的身体，已被音乐管束着。到离座时，她忽然破声说道："不，不！这并不是最后的玫瑰，世界上的玫瑰多得很咧，你看！"说着，将手中一大丛的红白玫瑰，一起对着戏台掷了上来。

那时候，我不知道那女郎心中所爱的是我，还是你。后来正当玫瑰盛开的时候，这玫瑰中之玫瑰竟死了。唉！老朋友，我想你总还记着：那天天已黑了，别人多已走了，我们俩同到她那长眠的所在，去和她话别，因为一时玫瑰甚多，我先采了无数玫瑰，把她周身都盖满了，然后提起你来，叫你唱歌给她听。哎哟！你那时的歌声真好啊！简直是她的灵魂，和全世界的玫瑰花的香味，一起寄附在你声浪之中了！后来又有一次，我与你奏乐，不知什么人掷来了一朵玫瑰花，我一时恼着，竟提起脚来把它踏得希烂。试问：那女郎既死，玫瑰还有开放的权利么？

以后可交了恶运了，我们俩不知为什么，总觉世界一切，无足轻重。只是你之于我，反觉一天亲爱一天。因为我一生所受的忧患，除你之外，更没有什么人同受的了。然而我终于认你为没灵魂的东西！老朋友，请你原谅我：一个人到了快要饿死的时候，无论他说什么，你再不能怨他恨他的了。

唉！我也太笨了，为什么饿了肚子，还同这旧琴啰唣不休？快去卖！

他毅然决然立了起来，将琴放入琴匣，砰的一声，将匣盖盖上了。正想提着出去，可又止住了脚，侧耳静听，只觉匣中尚有余音，呜呜不已，似乎什么人在那儿叹息，又像一个人快要死了，在那儿吐出一口与世长辞的残气。他听了面上难过了一阵，眉头皱了一阵，仍提着琴匣向前走去。走不几步，又停了脚，将琴匣紧紧挟在怀中，促着气说：

不！不！不能！这不能！我决不肯！这不是疯了么！唉，疯了疯了！饿也不妨！我决不肯卖！我不饿，此刻不饿了！

他开了琴匣，取出提琴抱在胸前，像抱了个小孩子一般。

我的宝贝，请你原谅我：我方才做了个梦，要把你卖去，并非出自本意，乃是被魔鬼，被那饿肚子的魔鬼驱使了。现在魔鬼已去了。哈哈！我心上快活得很，来！唱个歌儿给我听。我们俩应当永远相共，欢欢喜喜的同过这一世罢！

把琴搁在领下，提了弓便拉。

嘻！你那E弦，此刻非但不低，声音反比从前更好了！哈哈！好！好！我们快活极了，你以为快活么？来！唱个《玫瑰》歌给我听！再唱个《她！》歌给我听！瞧！她此刻正在那边包厢里，满怀都是堆着鲜花。她又对着我们笑，把手中的红玫瑰白玫瑰对着我们掷上来了！老朋友，她既在那儿听，我们应当格外留心，唱得格外好听些。

这时候，他枯黄的颜色，已变做丰腴圆润的了，两只昏花的眼睛，已变做英光四射的了；什么冻咧饿咧，已变做了脑筋中已经忘却的东西，心中只觉这一间破坏冷落的顶楼，已一变而为一座金碧辉煌的大戏馆，馆中坐着几千百个人，一个个屏息静气，听他奏乐。他自己的灵魂，也已完全寄附在四条弦上，恍如奏至哀怨处，几千百个人便同时下泪；奏至欢乐处，几千百个人便同时喜悦；奏完之后，几千百个人同声喝采。他乐极，高声说：

老朋友，听着！听着！我们已得了好结果，这便是最后一刻了。唉！偌大一个世界，竟在今天晚上被我们俩战胜了。你看见那边金光闪烁么？那便是天堂了！

乐声愈奏愈急。琴上的弓，愈拉愈快。

撒！一条弦断了！撒！又断了一条了！

琴声忽然低下，变为沉痛之音。他那执弓的一只手，已渐渐不稳；两只眼睛，也已黯然无色，只是木木的对着右方一个所在瞧着。面上的神气，却还带着笑容。撒！又一条弦断了！他点了点头，发出一种诚挚柔和的声音，低低的说：

世界上还有一朵最可宝贵的玫瑰咧。唉！我的宝贝，此刻光已暗了，我的眼睛也花了，所能见的，只有个你，只有个你！

撒！最后一条弦也断了！（幕闭，稍停复启）

[布景]一切与最初相同，蜡烛椅子桌子草铺等，都没有改变位置，只是那人已倒在地上；身旁散放着几块破裂的木片，其中一片之上，刻着“克雷孟那一七三一”几个字。

1917年4月

诗人的修养

从约翰生(Samuel Johnson)的《拉塞拉司》(*Rassela*)一书中译出;书为寓言体,言亚比西尼亚(Abyssini)有一王子,曰拉塞拉司,居快乐谷(The Happy valley)中,谷即人世"极乐地"(Paradise),四面均高山,有一秘密之门,可通出入。王子居之久,觉此中初无乐趣。遂与二从者窃门而逃,欲一探世界中何等人最快乐,卒遍历地球,所见所遇,在在均是苦恼;兴尽返谷,始怵然于谷名之适当云。

应白克曰:"……我辈无论何往,与人说起作诗,大家都以为这是世界上最高的学问,而且将它看得甚重,似乎人之所能供献于神的自然界者,便是个诗。然有一事最奇怪,世界不论何国,都说最古的诗是最好的诗。推求其故,约有数说:一说以为别种学问,必须从研究中渐渐得来,诗却是天然的赠品,上天将它一下子送给了人类,故先得者独胜。又一说谓古时诗家,于榛柸蒙昧之世,忽地做了些灵秀婉妙的诗出来,诗人惊喜赞叹,视为神圣不可几及;后来信用遗传,千百年后,仍于人心习惯上,享受当初的荣誉。又一说谓诗以描写自然与情感为范围,而自然与情感,却始终如一,永久不变;古时诗人,既将自然中最足动人之事物,及情感中最有趣味的境遇,一概描写净尽，一些没有留给后人，后人作诗，便只能跟着古人将同样的事物，重新抄录一通；或将脑筋中同样的印象，翻个花样布置一下，自己却创造不出什么。此三说孰是孰非，且不必管。总而言之，古人作诗，能把自然界据为己有，后人却只有些技术；古人能有充分的魄力与发明力，后人却只有些饰美力与敷陈力了。

我甚喜作诗，且极望微名得与前此至有光荣之诸兄弟并列。波斯及阿剌伯诸名人诗集，我已悉数读过，又能背诵麦加大回教寺中所藏诗卷。然仔细想来，只是摹仿，有何用处？天下岂有只从摹仿上着力，而能成其为伟人哲士者？于是我爱好之心，立即逼我移其心力于自然与人生两方面：以自然为吾仆役，恣吾驱使，而以人生为吾参证者，俾是非好坏，得有一定之依据。自后无论何物，倘非亲眼见过，决不妄加描写；无论何人，倘其意向与欲望，尚未为我深悉，我亦决不望我之情感，为彼之哀乐所动。

我既立意要作一诗人，遂觉世上一切事物，各各为我生出一种新鲜意趣来。我心意所注射的地域，亦于刹那间拓充百倍；自知无论何事，无论何种知识，均万不可轻轻忽过。我尝排列诸名山诸沙漠之印象于眼前，而比较其形状之同异；又于心头作画，凡森林中有一株之树，山谷中有一朵之花，但令曾经见过，即收入幅中；岩石之顶点，宫阙之高尖，我以等量之心思观察之；小河曲折，细流淙淙，我必循河徐步，以探其趣；夏云倏起，弥布天空，我必静坐仰观，以穷其变。所以然者，深知天下无诗人无用之物也。而且诗人理想中，尤须有并蓄兼收的力量。事物美满到极处，或惨怖到极处，在诗人看来，却是习见。大而至于不可方物，小而至于目不能见，在诗人亦视为相习有素，不足为奇。故自园中之花，森林中之野兽，以至地下之矿藏，天上之星象，无不异类同归，互相联结，而存储于诗人不疲不累之心机中。因此等意思，大有用处，能于道德或宗教的真理上，增加力量；小之，亦可于饰美上增进其自然真确之描画。故观察愈多，所知愈富，则做诗时愈能错综变化其情境，使读者睹此精微高妙之讽辞，心悦诚服，于无意中受一绝妙之教训。

因此之故，我于自然界形形色色，无不悉心研习，足迹所至，无一国无一地不以其特有之印象相惠，以益我诗力而偿我行旅之劳。

拉塞拉司曰："君游踪极广，见闻极博，想天地间必尚有无数事物，未经实地观察。如我之偏处群山之中，身既不能外出，耳目所接，悉皆陈旧，欲见所未见，察所未察而不可得，则如何？"

应白克曰："诗人之事业，是一般特性的观察，而非各个的观察。但能于事物实质上大体之所备具，与形态上大体之所表见，见着个真相便好。若见了郁金香花，便一株株的数它叶上有几条纹；见了树林，便一座座的量它影子是方是圆，多长多阔，岂非麻烦无谓。即所作的诗，亦只须从大处落墨，将心中所藏自然界无数印象，择其关系最重而情状最足动人者，一一陈列出来，使人见了，心中恍然于宇宙的真际，原来如此。至于意识中认为次一等的事物，却当付诸删削。然这删削一事，也有做得甚认真的，也有做得甚随便的。这上面就可见出谁是留心，谁是贪懒来了。

"但诗人观察自然，只还下了一半功夫；其又一半，即须娴习人生现象：凡种种社会种种人物之乐处苦处，须精密调查，而估计其实量。情感的势力，及其相交相并之结果，须设身处地以观察之。人心的变化，及其受外界种种影响后所呈之异象，与夫因天时及习俗的势力，所生的临时变化，自人人活泼康健的儿童时代起，直至其颓唐衰老之日止，均须循其必经之轨道，穷迹其去来之踪。能如是，其诗人之资格犹未尽备，必须自能剥夺其时代上及国界上牢不可破之偏见，而从抽象的及不变的事理中判断是非；犹须不为一时的法律与舆论所羁累，而超然高举，与至精无上万古不移的真理相接触。如此，则心中不特不急急以求名，且以时人的推誉为可厌，只把一生欲得之报酬，委之于将来真理彰明之后。于是所做的诗，对于自然界是个天人联络的译员，对于人类是个灵魂中的立法者。他本人也脱离了时代与地方的关系，独立太空之中，对于后世一切思想与状况，有控御统辖之权。

虽然，诗人所下苦工，犹未尽也：不可不习各种语言，不可不习各种科学；诗格亦当高尚，俾与思想相配；至措词必如何而后隽妙，音调必如何而后和叶，尤须于实习中求其练熟。……”

1917 年 5 月

应用文之教授

钱玄同先生说过要做一篇关于应用文的文章，我等到今天还没有看见他做出，只得由我先来开口。但钱先生所要说的是应用文之全体，我所说的是应用文之教授：题目既有大小，说话也就各有不同了。

应用文与文学文，性质全然不同，有两个譬喻：1. 应用文是家常便饭，文学文却是精美筵席；2. 应用文是"无事三十里"随便走路，文学文乃是运动场上出风头的赛跑。

说到前辈先生教授国文的方法，我却有些不敢恭维。他们在科举时代做"猢狲王"的怪现状，现在不必重提；到改了学校制度以后，就教科书教授法两方面看起来，除初等小学一部分略事改良外，其余几乎完全在科举的旧轨道中进行，不过把"老八股"改作了"新八股"，实行其"换汤不换药"的敷衍主义，试看近日坊间所出书籍杂志，有几种简直是《三场闱墨》的化身。

新八股便是钱先生所说的"高等八股"。若将文学改良问题撇开不说，此种新八股亦未始不可视为一种近乎正当的玩意儿；即使造了假古董全无用处，还尽可与著围棋，射文虎，打诗钟等末技共同存在。然而我要问：

第一，现在学校中的生徒，将来是否个个要做文学家？有无例外？

第二，与著围棋射文虎打诗钟价值相等的新八股，是否为人人必受之教育？

这两个问题如能完全“可决”，我这篇文章尽可不做。否则我还要问：

第一，现在学校中的生徒，往往有读书数年，能做“今夫”“且夫”或“天下者天下[人]之天下也”的滥调文章，而不能写通畅之家信，看普通之报纸杂志文章者，这是谁害他的？是谁造的孽？

第二，现在社会上，有许多似通非通一知半解的学校毕业生，学科学的往往不能译书，学法政的往往不能草公事，批案件，学商业的往往不能订合同，写书信，却都能做些非驴非马的小说诗词，在报纸上杂志上出丑。此等“谬种而非桐城，妖孽而非选学”的怪物，是谁造就出来的？是谁该入地狱？

诸位别怪我的话说得太激烈，这一等人我已亲眼看见了不少。当知无论干什么事，总须认清了路头，方有美满的成效。譬如一个人，天天不吃饭，专吃肥鱼大肉，定要害胃病；有了小孩子不教他好好走路，一下子便强迫他赛跑，定要跌断四肢，终身残废。

我从前也做过一年半载的教书先生，那时口讲指画，津津有味的，便是新八股。前文一大批话，若没有什么人肯赏收，便由昔日之我完全承认了罢。

去年秋季，我又做了教书先生了。那时因文学革命诸同志之所建议，及一己怀疑之结果，又因所教学生，将来大都不是要做文学家的，我便借此机会，为教授应用文之实验。虽将来成绩如何，目下全无把握，可自信没有走错了路头。

我在教授之前，即抱定宗旨：

不好高骛远，不讲派别门户，只求在短时间内，使学生人人能看普通人应看的书，及其职业上所必看的书；人人能作普通人应作的文章，及其职业上所必作的文章。更作一简括之语曰：实事求是。

既抱定此宗旨，故于授课之第一日，即将从前研究文学文与现在研究应用文不同之点，列一简明之表格，以示学生，且一一举例证明之，今仅录表格如下：

	字法	句法	章法
昔之所重而今当革除者	1 用怪僻费解之字。（如用古字，及古物名之类） 2 借用不适当之字。（如字之通假及强以虚字作实字，实字作虚字之类） 3 用不合义理之典故。	1 讲骈俪 2 讲古拙 其敝之所极，必至于不合文法。 3 语意含混，无一定之是非可否。 4 不合逻辑。	1（措辞）摹仿古人。 2（立意）依附古人。
昔之所轻而今当注重者	1 无论虚字实字，一一研究其正确之意义，作文时勿乱用，读书时勿任滑过。 2 字在句中，力求位置妥协，意义确定。	1 骈散一任自然，务求句之构造，不与文法相背。 2 句句有着实之意义与力量。 3 造句时，处处施以逻辑的考核。	1（措辞）说理通畅，叙事明了。 2（立意）以自身为主体，而以古人或他人之说为参证，不主一家言。

以上是教授应用文的“开宗明义章第一”，以下可分作两项说：

第一项是选讲模范文章，这是蚕吃的桑叶，吃不着要饿死，吃了坏的是要害瘟病的。今分为选的方面与讲的方面，各别言之。

【选的方面】

1. 凡文笔自然，与语言之辞气相近者选，矫揉做作者不选。

2. 凡骈俪文及专以堆砌典故为事者不选。

3. 凡违逆一时代文笔之趋势，而刻意摹仿古人者，如韩愈《平淮西碑》之类，不选。

4. 凡思想过于顽固，不合现代生活，或迷信鬼神，不脱神权时代之习气者，不选。

5. 凡思想学说适于现代生活，或能与国外学说互相参证者选；其陈义过高，已入于哲学的专门研究范围者，不选；意义肤浅，而故为深刻怪僻之文以欺世骇俗者，如《扬子法言》之类，亦不选。

6. 卑鄙龌龊之应酬文，干禄文，不选。

7. 谀墓文不选，其为友朋或家属所撰，确有至性语者选。

8. 意兴枯索，及故为恬淡之笔，而其实并无微辞奥义者，不选。

9. 小品文字，即短至十数言，而确有好处，能自成篇幅者，亦选。

10. 文章内容，与学生专习之科目有关系者，选。

11. 记事文同一题目，而内容有详略或时代之不同；论辨文同一题目，而内容有全部或一部之反对；或题目虽不同，而所记所论，可以互相参证者，均酌选一篇为主篇，余为附篇。

12. 凡长篇文字，仅选读一节者，即以此节为主，其余为附，用字体分别，庶无任意割裂，首尾不完之弊。

【讲的方面】

1. 选定之文，均加标点符号，且分全文为若干段，或每段中复分为若干小段，便于学生之预备及自习。

2. 每讲一文，先命学生自行预备，上课时，仅就后方3至7条仔细解释之。

3. 作者所处时代之文学趋势如何；此时代之文学，优点如何，劣点如何；作者在此时代中所占地位如何；所讲之文，在其一生作品中所占地位如何。

4. 艰深之字义，费解之典故，均探求其来历及出处；其用于本文中之当与不当，与作文时能否仿用，亦详细说明。

5. 古奥之文句；依文法剖析之，且说明其合与不合，及作文时能否仿造。古人用字用典及造句，尽有谬误不宜盲从者，4、5两条尤应注意。

6. 所讲之文，如与学生专习之科目有关，则命学生自为比较的研究。

7. 前后所讲各文，如其内容，性质，文体等有互相类似或相反对者，一一比较说明之。

8. 讲述上列各条既毕，如学生于不讲处有未能明白者，许其自由发问；但一人发问，即以所问者向全体学生细讲之。

9. 文中如有引证或相关事实之过于冗长，必兼阅他书始能明白者，即指出书名，令学生自向图书馆借阅。

10. 将逐日所讲，另编《注解》一份，与《选本》分订，于每学年之末发给学生。

第二项是作文，我定了十二个注意事项，令学生于每次作文之前阅看一过：

1. 题目要认得清楚，其主要处尤须着意。

2. 文宜分段；文中意义，当依照层次说出。

3. 下笔时应先将全篇大意想定，勿作一句想一句，做一段想一段。

4. 时时注意字意安适与否，文法妥协与否，立论合于逻辑与否。

5. 作文要有独立的精神，阔大的眼光；勿落前人窠臼，勿主一家言，勿作道学语及禅话。

6. 勿用古字僻字；字义有费解，或其真义未能了解者，宜检查字典，或以相当之习见字代之；字有古义今已不习用者，宜只用其习用之今义。

7. 不避俗字俗语，即全用白话亦可，要以记事明畅，说理透彻为练习作文第一趣旨。

8. 勿打滥调，勿作无谓之套语，勿故作生硬语；应用文最宜明白晓畅，凡古文家，四六家，八股家之恶习，宜一概革除。

9. 引证当详记出处，勿作“古人有言”“西哲有言”等笼统语。

10. 应用文贵迅速，篇幅不逾五百字者，限两小时完篇；过五百字及有特别情形者，可酌量延长。

11. 篇幅不论长短，自一二百字至一二千字均可，要以不漏不烦，首尾匀称，精神饱满为合格。

12. 字体以明了为佳，亦不必过求工整，免费时刻。

这都是对学生说的话，在教授上，则分为出题批改两方面：

【出题方面】

1. 出一记事文或论文题目，令学生自由作文。

2. 说一段话，令学生笔述，不许增损原义。

3. 译白话文为文言文，或译文言文为白话文。

4. 译韵文为散文。

5. 令学生按“讲的方面”第 6 条自行研究，而将其结果撰为论文或笔记。

6. 以一段长冗之文字，令学生删繁就简，作为短文。

7. 就学生专习之学科，出种种应用题目，令其练习。

8. 以一段文字，抽去紧要虚字，令学生填补之。

9. 以一篇不通文字，或文理不通而意义尚佳之小说杂记等，令学生细心改订，不许搀入己意。

10. 以一篇文字，颠倒其段落字句，令学生校订之。

11. 以一段简短之文字，令学生演绎成篇。

12. 预先指定一书，或一书之一部分，交学生自行阅看，令其于看毕后提纲挈领，作为笔记，或加以论断。

【批改方面】

前辈先生批改学生文字，大约不出三途：

一种是专拍学生马屁，不问通与不通，把密密的圈儿圈到底，再加上个肉麻恶滥的批语；

一种是老气横秋的插烂污，在文卷上画了无数杠子，末了写上“不通”“不知所云”等字便算办完公事；

一种是认真得无谓，他把学生的原作，改得体无完肤，面目全变，学生看了，却是莫名其妙。

今欲补救其失，每作一文，必批改二次：

1. 初次批改，只用种种记号，将文中弊病逐一指出；已定之记号，凡二十四种：

✕ 虚字不妥。	⊠ 用典不当。	⊗ 无谓套语，大可不说。
— 语气不贯。	✳ 字义未安。	＋ 无理。
△ 全句意义不明。	＜ 中有夺字。（或有应补字）	∧ 句未完全。
∟ 误写。	＃ 不合文法。	丰 滥调当去。
? 有误写否？	※ 不合逻辑。	会 琢句未善。
❘ 不可解。	¶ 应另起一行。	⋀ 语气未完。
⊥ 上文无照应。	∾ 不必另起一行。	‖ 此字尽可不用。
⊤ 下文无照应。	扌 句太生硬。	≋ 句太软弱。

各记号皆记于字右：遇记号不敷用时，则于字左加一直，而以“眉批”说明之。

2. 初次批改后，以原卷发还学生，令其互相研究，自行改正；有不能改，或虽有符号指出其弊病，而仍不能知其所以然者，许其详问。

3. 学生自行改订后，另卷誊真，乃为第二次批改。此次不用记号，竟为涂抹添补。至评判分数，则折衷于初作二作之间。

4. 第二次批改后，学生如仍有不明了处，仍许来问。

我把学生作文应行注意的十二事和二十四种记号，合印一本小册子。其空白处，填了些古人成语，亦颇有趣味，如——

“才学，便须知有着力处；既学，便须知有得力处。”——王守仁。

“习于见闻之人，则事之虽非者，亦莫觉其非矣。”——薛瑄。

“识度曾不及人，或乃竟为僻字涩句，以骇庸众，斫自然之元气；斯又才士之所同蔽，戒律之所必严。”——曾国藩。

1917 年 11 月

天 明

译 P. L. Wilde 所作 *Dawn*

(登场者)一医生,一小孩,一男子,一妇人。

(时间)冬夜,天将明。

(地方)矿山之旁。

(布景)一粗陋之平屋,其正门在戏台后方,门栓拴之。门左一窗,窗外积雪隐隐可见。台右一门,是旁通寝室者。倚右壁有一火炉,一衣橱,橱下即置剧中所用主要物件。台中有旧椅二三,木桌一,桌上敷一不洁之红布。又有一破碎之地毯,掩地板之一部。此地毯与左壁所粘廉价五彩石印画一幅,即室中所可称为装饰品者。幕开时,妇人穆理坐于窗次。窗外甚暗,窗内燃一石油灯,置妇人近身处。妇人年在三十以下,衣服敝旧可怜。

妇忽起立,作惊恐状,同时有叩门声。

[医](在场外)开门,让我进来。

[妇](大惊恐)先生,怎么你来了?我叫你不要来的。

[医]穆理,且让我进来。

[妇]你还是去,先生,请你去罢。

[医](作命令语气)穆理,开门,快!门外冷得很。

［妇］（开门）先生，我叫你不要来的。

［医］（入门：其人年约三十五六，身材重笨，然衣服颇修整）别说这话，我快要冻得结冰了。

［妇］（行至炉旁）我来给你弄一弄火。

［医］（随妇人至炉次，烤其手）谢谢你。

［妇］先生，我叫你不要来的，你还不知道你自己冒了多大的险！要是他看见了你，我怕他——他少不了要送你的命！

［医］嗐！奇怪。

［妇］唉！先生，他很恨你，前天晚上又提起你的。我想到了他就害怕。

［医］唉！你有了这么一个好丈夫！

［妇］别管他是好是坏，你现在到此地来了，危险——唉，当真危险得很。

［医］这种危险，我已经经过一两次的了。

［妇］（摇首不能续言，但以两手扯医生前襟，咽呜欲涕）先生——先生——生！

［医］得啦！穆理，得啦！有我在这儿，他休想伤害你。

［妇］我并不是为我自己着急。

［医］这意思我也知道。但是我——（忽注意妇腕，惊问）这是什么？你手上是什么？

［妇］（欲缩其手）没有——没有什么。

［医］（注意妇臂，又熟视其面。妇垂首不语，目光注视地上）嗐！没有什么！

［妇］当真没有什么，是我自己烫了一烫。

［医］对呵！是烫了一烫，迪克又拿出老手段来了！

［妇］这是他多喝了点儿酒不好。

［医］那么，究竟为着什么呢？

［妇］没有什么，是他喝得太昏——太糊涂了。

［医］我不信，他一定为了什么事，你能说给我听听么？

［妇］那么我就说，那是礼拜二的晚上——

［医］就是那天我去了之后么？

［妇］是的，他那天，回来得迟了些，人也喝得烂醉了，而且不知为了什么，正是发着脾气。先生，你知道的，他这人一喝醉，什么都做得出来。那天他一到家，就叫我替他脱靴，大约是——好像是——是我答应得迟了一点罢，他就——

［医］他就怎么呢？

［妇］说他做什么？这件事早已过去了。

［医］那么我来说，他就拿起火筷，搁在火炉里烧红了——

［妇］并不十分红。

［医］你说不红，就算不红！他把火筷烧得“不十分红”了，就拿起来打你，叫你下次可要快些，是不是？

［妇］打得还不十分厉害。

［医］是！我看你手上，早就知道打得“不十分厉害！”（行近妇身，无意中，一手触及妇之腹部）

［妇］（敛声而啼，状极惨痛）呀……呀……痛死…

［医］嗜！这又是什么？

［妇］这也是已经过去的事。

［医］是呀！我又知道了。他把火筷打了你一顿，火筷冷了，又踢上一脚，是么？

［妇］是的。

［医］在哪儿？

［妇］（自指其腹）在这儿。

［医］（点首）好——好——好一个丈夫！

［妇］（哭）他——他踢了我这一脚，他说——他说我将来可以免得生育孩子了！先生！——

［医］（徐徐摇首）哼！（稍停）他此刻在家么？

(妇摇首)什么时候出去的?

[妇] 昨儿晚上。

[医] 和哥诺里同去的么?

[妇] 是的。

[医] 霍尔司孟呢?

[妇] 也同去的;大约他们三人要干点儿事。

[医] 要干点儿事么?

[妇] 是的,三个人一块儿去的。

[医] 提起阿司墨尔达没有?

[妇] 阿——阿司墨尔达?

[医] 就是阿司墨尔达矿。

[妇] 哦! 这是提起的:好像他说要在这个矿里布置布置呢。

[医] 哼! 要布置布置,我想也要布置布置!

[妇] 先生,奇了。你这一来,又是什么意思呢?

[医] 没有什么。

[妇] (惊愕)究竟是什么意思呢?

[医] 我告诉了你,你害怕么? ——这座阿司墨尔达矿,已在今天夜半炸毁了。

[妇] 呀! 上帝!

[医] 炸死了三四个人。

[妇] 迪克呢?

[医] 他是毫发未损,自己那臭皮囊保得很好的。

[妇] 迪克是逃出来的么?

[医] 谁也逃不出,迪克却不用逃,因为炸矿的就是迪克!

[妇] (大号恸)唉! ……

[医] 迪克的布置真好,炸矿的时候,他还老远的在一英里以外。人家是炸死了,他却半点儿危险也没有。

[妇] 但是迪克——迪克竟干了这等事么! 先生,我想未必,我想未

必。你说他当真如此的么?(医生徐徐自衣袋中出一物)这是什么东西?

[医] 是个已坏的干电池。

[妇] 干电池干么?

[医] 你瞧,这电池是温赖脱铺子里卖出来的,底上还刻着电力的码子。再看造这电池的军械局局名,就可见这东西究竟是何等厉害的了。

[妇] 军械局,干么?

[医] 我已经到局里去打听过,这是一礼拜以前卖给迪克的。

[妇] (惊骇已极,几至不能呼吸)迪克买了它——

[医] 买了它自有用处,这是我在阿司墨尔达矿里找到的。

[妇] 阿司墨尔达?

[医] (点头)是呀,是在炸过之后找到的。

[妇] (涕泣,俯首伏医生膝上)唉! 先生,请你别说下去了! 这种惨事,说了很可怕的。

[医] (以手徐抚妇头,且纳电池于袋中)幸而还找到了这电池,要不然,就太糟了! 可是你——你是无论什么事都忍耐得过? 唉,你们女人!(稍停)他把你麦琪弄死了,你还是忍着。

[妇] 不要说了,你提起了麦琪,我分外心痛。

[医] 他害死了麦琪,法律上却不能把他当罪犯办理,因为麦琪并不是一下子遇的害,是受了一年多的磨折,慢慢儿憔悴死的。你自己是大人,小孩子也能同你一样受得起磨折么!(稍停)麦琪有几岁了?

[妇] 要是活到这一个月,就有整十岁了(医生摇首嗟叹)你瞧,她是个很美丽很有趣的孩子。(自身间出一廉价之小盒,中藏麦琪照片,启其盖,以示医生,二人共观照片,不语者一二分钟)

[医] 迪克也打她么?

[妇] 打的。

[医] 也是用火筷么?(妇点头)是烧红——烧得"不十分红"么?

[妇] 唉! 他要打的时候,我总想阻他,可哪里做得主。

[医] 这是我知道的。(起立)可是这一种畜生,这一种恶魔,你还同

他住在一起！

［妇］唉，先生——

［医］得啦，骂他也没有用，且看罢！

［妇］我想他将来未必再如此了。

［医］我也只有一次，将来不再如此了！

［妇］奇怪，你这话是什么意思？

［医］（作立意坚决状）没有什么，快拿你东西收拾收拾！

［妇］我的东西？

［医］是呀，——你的衣服，多穿一点，——外面冷得很。

［妇］可是我并不要出去。

［医］我带你出去。

［妇］（惊讶）先生！——

［医］麦琪是已经死的了，我要救她也无从救起，可是你，——我总得想些法子，别叫那畜生再害你！

［妇］先生！这这这我不敢！

［医］那么，你在此地，日子过得安稳么？

［妇］先生！他是我的丈夫！

［医］我不管他是谁！你还是跟我来！（欲推妇入台右之一门，即旁通寝室者，妇坚拒之）你既已不肯出去，我便把你关在房间里好好休息一礼拜，睡上一礼拜；要是迪克那畜生回来了，什么事都有我来对付他。等你身体复了原，人也像了个人了，我给你找些工作——找些轻一点的工作做做，别再像牛马一样劳苦；到了那时，你连自己也要不认识自己了——（忽有叩门声甚厉）

［妇］迪克回来了！假使他看见了你！——

［男］（在门外）开门！

［医］迪克？

［妇］我料他这时候要回来的。

［男］开门！开门！

［妇］天呀！

［医］（潜自袋中出手枪）就开门罢！（避至一旁；妇往开门，男子直冲而入，妇几为掀翻于地）

［男］（身材高大可怖，面目狞恶如猛兽）你还坐着等我么？

［妇］正是，迪克！

［男］唉！好老婆，我比皇帝都快活了！（行至炉旁）我回来了，你喜欢么？

［妇］那自然，迪克。

［男］还是喜欢点儿好！（脱去上衣，掷之案上，就坐，向外伸两足，以足尖点地，妇未之见）哼！好！你动多不动的了！（妇急趋前，欲为之脱靴）你来！你来！（及妇近身，用力推之于地，自举一足，作脱靴状）你这天生就的蠢货，前次教训了一场，还没有教好，今天再给你上功课！（瞥见医生，一跃而起）你！——你来干什么！（医生不答）别木偶般的不开口，究竟你来干什么的？

［医］你向四面瞧瞧！

［男］向四面瞧瞧？

［医］是的，瞧瞧！

［男］我瞧不见什么，只瞧见了个你。

［医］那就谢谢你！

［男］滚出去！

［医］等一会！

［男］（不耐）什么？

［医］我要去，就要带了穆理去。

［男］你要带了穆理去？嘻！嘻！好极！（忽不语）那么你爱上了她么？

［医］并不是。

［男］并不是？——并不是？——

［医］是她不该留在这地方。

［男］是她不该留在这地方，该你带去么？我们俩老死不分离的夫妻，该你来拆散么？你把她带去了叫我怎么样呢？

［医］谁管得你！

［男］那也好，你不管我！（伸一臂挽妇颈）你瞧瞧！她不是很愿意跟我的么？

［医］我不同你辩理。

［男］我也不要辩，（行至医生之前）只要给些手段你看看，叫你尝尝没有尝过的滋味！（攫炉旁火筷于手）来了，我要叫你那很体面的脸孔，变成不体面了才罢手！

［医］（平举手枪拟之）住！

［男］唉！你带着武器？

［医］为了要收拾你，来的时候就预备的。

［男］好！你就打罢！你是带着军械，我是赤手空拳：你便打死了我，也该活活羞死。

［医］我不打你，你快给我坐下。

［男］唉！——唉！你客人要命令我主人——

［医］（出高声喝之）别多话！你的话我已听了许多了，快给我坐下！（迪克就坐，医生收其手枪。此后二人谈话时，迪克故将上体前后摇动，乘间将所坐木椅，徐徐移右，至于衣橱之旁；医生只知其无意移动，不知其自有用意）你这东西，我若要骂你，简直定不出什么名字来；大约我们英国语言文字中的种种恶名混号，全都够不上你。好在骂了你也是没用，不如少说费话，实实在在把你收拾一下。

［男］真的么？

［医］你别问我是真是假，我先问你，你女儿是不是被你害死的？

［妇］（搀言，面色恐惧）先生！

［医］（以目止之）要是我早知道了这件事，早想法子把你这东西绞死了；现在迟了一点，既然不能证明这孩子如何死法，就不能证明你用了什么手段去虐待她，这真是你的运气。可是证据虽然没有，我却不能置

之不问。这也并非与你为难，譬如你做了你的女儿，人家把你害死了，我也要来替你问问信。

［男］她是常常害病的。

［医］害了病，你再把火筷——把火红的火筷帮助她！

［男］就是如此，也是我的女儿！

［医］哼，好！——现在是上帝可怜着她，叫她休息灵魂去了！

［妇］亚门！

［医］那么，我说你老婆也常常害病的么？

［男］她那儿会害病，一天到晚在家里活健得很。

［医］不害病，不用说更要把对付麦琪的手段对付她了！

［男］我待她是好是坏，与你不相干。

［医］相干的！

［男］我说不相干！

［医］（又平举手枪以拟之）我说相干的！

［男］唉！——

［医］这就是我要把穆理带走的缘故。

［男］你的话都说完了没有？

［医］没有。

［男］那么快说，我静听。

［医］三月以前，爱德华矿轰炸了一次，——

［男］是么？

［医］幸而没有伤人。

［男］（作嘲弄口气）谢谢上帝！

［医］过了几个礼拜，同是这一座矿，又轰炸一次，人就炸死了不少，大约有十几个。

［男］你说的什么东西！这也可算得来训教我么？（此时迪克之椅，已移至衣橱之旁，即伸手至橱下，取出牛乳瓶一个，置手中玩弄之；瓶中有液体物半瓶）

[医] 自此以后，东也是闹轰炸，西也是闹轰炸，被害的不计其数。昨天晚上——

[男]（自眼角中射出光线，熟视医生，语调镇静如常）昨天晚上？——

[医] 阿司墨尔达矿又炸了。

[男]（以手中之瓶，横置膝上往来滚动）真的么？

[妇] 迪克，这件事，与你有什么关系没有？（迪克推之于一旁）

[医] 哥诺里已经捉到的了。

[男] 捉到的了？

[医] 非但捉到，已经绑在路旁一株大树上绞死了。

[男] 没有审么？

[医] 那有许多闲功夫审他。霍尔司孟也已经有人去提，因为他逃得快，没有到手，现在已经打电报叫各路截留，（停片刻，忽转高声）我也找到了你了！

[妇] 迪克，迪克，你说呢，——你说你没有干这件事！

[男]（向妇语）唉！给我滚开！（转向医生）我问你！有什么证据？

[医]（出电池示之）这个。

[男] 什么东西？

[医] 一个已坏的干电池，是你向温赖脱铺子里买来的。

[男] 温赖脱能一定证明是我买的么？

[医] 这却没有，因为他卖的时候，没有把号数记下；却是近来所卖的电池，就只是这一个。现在他已经写信到军械局去问究竟是什么号数，因为军械局卖出的电池，都是留下底号的。

[男] 这点儿小事，就可算得证据么？

[医] 这点儿小事，就可办你个绞罪！

[男] 怎么呢？

[医] 因为电池的号数虽没有打听明白，底上刻的电力号码，可与你所买的完全符合。

［男］（状甚懒惰，徐徐起立）这算得什么？我把它剥去了就是了。

［医］哼！——

［男］我说把它剥去了就是了。

［医］你当我是傻子么？

［男］你当我是傻子么？（向台心行）

［医］（出手枪）住！你敢上来！

［男］（举瓶）别叫我笑了！（稍停）你看见这东西没有？（扬其瓶）这是半夸德的 Nitroglycerine（极烈之液体炸药）；半夸德，你瞧见没有？

［医］什么东西？

［妇］（趋至迪克身次）迪克！

［男］（怒目视之）滚开，不要你近我身！（转向医生）你要开枪，我就马上掷下；你不开枪，我就酌量了情形再说。你知道轰炸阿司墨尔达的就是这东西么？

［医］那么你自己承认的了！

［妇］迪克，你！——

［男］那自然！（医生行至其前）退下去一点，我不要你来和我作伴！

［医］唉！你这人真是倔强到底。

［男］自然倔强。

［医］可是你的骗人手段，我也略知一二；亦许你那瓶里，只装了些清水来恐吓我罢。

［男］唉！清水，你是个医生，——（取桌上一小刀，插入瓶中，略蘸所盛之液体物）尝尝看！（授小刀于医生）是清水不是？（医生以舌略舐刀尖）哈哈！（医生纳手枪于袋）

［医］你何苦如此？你即使不替自己打算，也该替你老婆打算打算。

［男］别说这废话！什么老婆不老婆！还是我们俩来谈判谈判。（就坐）我问你，你是信教的不是？

［医］是的。

［男］礼拜日进教堂去么？

［医］是，每个礼拜日都去。

［男］你立了誓，能永远遵守不能？

［医］你问它做什么？

［男］你要是肯依从我，立下一个誓来，我便放你出门——是活的！

［医］办不到。

［男］这就是你自己不想出我的门——自己不想活了。（稍停）我的意思，要请你把那电池上的号码扯去；——先把这最有力量的证据消灭了，再请你向大众声明，说我迪克与昨天炸矿的事并无关系；我想大众们向来很看重你，你这样说了，没有人不相信的。

［医］（神色镇静）办不到。

［男］唉，不忙！你仔细想一想。（稍停）要是办得到，我决不伤害你一毫一发；要是办不到，一分钟内就请你变成了血花在空中飞舞！

［妇］先生，我知道他的性质，说到就要办到；你还是看着上帝面上，依了他——

［医］（搀言）你当我怕死么？要怕死，就不该做医生。从前哈佛那黄热病流行的时候，我所冒的险还比现在厉害的多。

［妇］但是，先生，你年纪还轻，年轻人的性命是很有价值的。请你自己把性命看重些，依了他罢。（行至医生前）

［医］（推妇于一旁）我不是个懦夫。

［男］对呵！我也同你一样，不是个懦夫。你究竟如何，快说！

［医］（回头向妇，语调甚急）穆理，假——假使我有什么意外，你该知道我在你身上，早已布置得很周到。我是打算把你送到东方，请我姊姊照顾你的；我姊姊为人很好，她——

［男］（搀言）究竟怎么样？究竟怎么样？

［医］（置之不理）穆理，你听懂没有？就是我死了，你还可以到东方去找我姊姊。

［妇］但是，先生——

［医］别说“但是”不“但是”，你听清楚没有？

［妇］听清楚了。

［医］（回向迪克）你怎么样，想逃走么？

［男］能逃不能？

［医］不能！（出手枪）你若要逃，这便是对付你的最后的东西。要是我打不死你，他们总可以打死你。

［男］（惊愕）谁？——他们。——

［医］我不是单身来的，还有十多个人帮着我；你自己估量估量，一个人当得了几个。

［男］人在什么地方？

［医］在外面，你自己去找罢！

（迪克起来，向门口走去，医生蹑足随之，及迪克将开门，医生一跃而前，挥拳痛击其背。迪克回身对格。二人相持未几，医生举枪欲放，迪克力掷其瓶，即闻轰然一声，火光乱起。火光既敛，全台黑暗，不闻声息。未几，天色渐明，迷蒙中微风吹来，余烟冉冉，向四旁飞散；台上之布景及人物，已悉易旧观：——小屋之左壁及前面——即靠近后台之一面——均已炸毁，屋外远山蒙雾，景象凄惨。台左一部分，全为瓦砾所蔽，瓦砾之下，有一尸体。台右未毁，迪克即立于右壁之下，两手掩目，其状似于悲叹之中，挟有怒意。穆理似未受伤，但放声啼哭，其音凄侧；又以两手乱翻瓦砾，似有所觅。医生亦未受伤，偕一小孩立于台左：小孩衣服旧敝，紧靠医生之身）

［医］轰炸得可怕呀！轰炸得可怕呀！

［妇］（痛哭）先生，先生，你在哪儿？

［医］我在这儿。

［妇］（似未听见）先生，你在哪儿，你受了伤没有？

［医］没有。

［妇］（见瓦砾中之尸体，跪其旁而哭）唉！先生！先生！

[小孩]（以手扯医之袖）先生！

[医]（俯视，见小孩，大骇，倒退数步，几至眩晕）啊！你来做什么？你——你是谁？

[孩]（微笑）怎么不认得了，我是麦琪。

[医]麦麦琪！你你死了！

[孩]（微笑）你也死了。

1918年1月

这篇文章，原文的命意，和半农的译笔，自然都是很好的，用不着我这外行人来加上什么"命意深远""译笔雅健"这些可笑的批语。

但是我看了这篇文章，却引起我对于中国译书界的两层感想：

第一，无论译什么书，都是要把他国的思想学术输到己国来：决不是拿己国的思想学术做个标准，别国与此相合的，就称赞一番，不相合的，就痛骂一番，这是很容易明白的道理。中国的思想学术，事事都落人后；翻译外国书籍，碰着与国人思想见解不相合的，更该虚心去研究，决不可妄自尊大，动不动说别人国里道德不好。可叹近来一班做"某生""某翁"文体的小说家，和与别人对译哈葛德迭更司等人的小说的大文豪，当其撰译外国小说之时，每每说：西人无五伦，不如中国社会之文明；自由结婚男女恋爱之说流毒无穷；中国女人重贞节，其道德为万国之冠；这种笑得死人的谬论，真所谓"坐井观天"，"目光如豆"了。即如此篇，如使大文豪辈见之，其对于穆理之评判，必曰："夫也不良，遇人不淑，而能逆来顺受，始终不渝；非娴于古圣人三从四德之教，子舆氏以顺为正之训者，乌克臻此？"其对于医生之评判，必曰："观此医欲拯人之妻而谋毙其夫，可知西人不明纲常名教之精理。"其对于迪克之评判，必曰："自自由平等之说兴，于是乱臣贼子乃明目张胆而为犯上作乱之事。近年以来，欧洲工人，罢工抗税，时有所闻；迪克之轰矿，亦由是也。纪纲凌夷，下陵其上，致社会呈扰攘不宁之现象。君子观于此，不禁惄焉伤之矣。”这并非我的过于形容，阅者不信，请至书坊店里，翻一翻什么《小说丛书》《小说杂志》和封面上画美人的新小说，便可知道。

第二，文字里的符号，是最不可少的。在小说和戏剧里，符号之用尤大；有些地方，用了符号，很能传神；改为文字，便索然寡味；像本篇中“什么东西?”如改为“汝试观之此何物耶”；“迪克?”如改为“汝殆迪克乎”；“我说不相干!”如改为“以予思之，实与汝无涉”；又像“好——好——好一个丈夫!”如不用“——”“!”符号，则必于句下加注曰：“医生言时甚愤，用力跌宕而出之。”“先生！他是我的丈夫!”如不用“!”符号，则必于句下加注曰：“言时声音悽惨，令人不忍卒听”；——或再加一恶滥套语曰：“如三更鹃泣，巫峡猿啼”；——如其这样做法，岂非全失说话的神气吗？然而如大文豪辈，方且日倡以古文笔法译书，严禁西文式样输入中国，恨不得叫外国人都变了蒲松龄，外国的小说都变了《飞燕外传》《杂事秘辛》，他才快心；——若更能进而上之，变成“某生”“某翁”文体的小说，那就更快活得了不得!

玄同附志

实利主义与职业教育

前月中，半农回到江阴住了一个多月，时时同几位老友谈天。一天，有位吴达时先生喝醉了酒，忽然装作甲乙两人的口吻，“优孟衣冠”起来：

（甲）好久不见，几时回来的？已毕业了？

（乙）侥幸侥幸，回来了一礼拜了。

（甲）下半年是？——

（乙）尚未定，尚未定。

（甲）那么，敝处有点小事，是个国民小学，不知肯屈就否？

（乙）国民小学——国民小学——亦可以！但是——权利……

（甲）那是很可笑的，只有年俸二百四十金，实在太亵渎了。

（乙）是，是。承情了，一定如此罢。若——

（甲）说到这层，实在因为敝处经济困难得很，只有年俸百金光景，亦许可以多些。则——

（乙）那么，真是太困难了。过一天再商量罢！

吴君说，这便是大教育家提倡实利主义的好结果！

又一天，我看见江苏省立某中学的杂志上有一段英文纪事，记的是某大教育家的演说：——

"Money," said he, purse in hand, "is important to every one, more important than anything else, because with it one can get anything in need and support one's life and family, How to earn a living, or to speak plainly, how to get money, is the vital question now-adays…"

这段话,假使记载的人的英文程度高些,能做得古趣磅礴些,那就放入Charles Dickens的"*A Christmas Carol*"中,也可以冒充得Scrooge的话说了!

所谓职业教育与实利主义,我是向来极赞成,极愿提倡,断断不敢反对的。我常说:中国的社会与时局,所以闹得如此之糟,都是因为没职业的流氓太多的原故。"下等人"没有职业,所以要做贼,做强盗,做流氓,做拆白党;"中等人"没有职业,所以要做绅董,要开函授学校和滑头学校,要做黑幕派小说,要发行妖孽杂志;"上等人"没有职业,所以要做官,要弄兵,要卖国!假使职业教育竟能发达了,请问人人到了可以靠着体力脑力以求实利的一天,谁还愿意埋没了良心做那些勾当呢?

但是要提倡职业教育与实利主义,也该有个斟酌。

据我想:实施职业教育,当从学校实业两方面同时并进。学校一方面,是研究学问,务使学生毕业之后,能把校中所研究的东西应用在实业上,使种种实业,依着正当的程序,逐渐进步。实业一方面,除自己力图进步外,兼是个容纳各种学校所造就的人材的所在。能如此互相提携,社会岂有不进步之理?

现在却不然。工商各业,大都是半死不活,全无振作气象。偶然有什么地方开了一个局一个厂,总得先把大人先生八行书中的人物位置了,再把厂长局长的弟兄子侄小舅爷等位置了,夫然后这一个局一个厂才可以"开张骏发"起来!因此现在的学生(一班专门洒花露水用丝巾的可以不必说),无论所学的是工是商是文是理,真实学问不必求,却天天在那儿想:我毕业之后如何吃饭?有无大人先生替我写八行书?有无兄弟叔伯姊夫等可以做得局长厂长?那有这希望的固然很好,没这希望的，便不得不于毕业之后，悉数挤到教育界中去。教育界中早被一班师范生挤得水泄不通，再加上此辈去，供过于求，如何容纳得下？容纳不下，所以要开函授学校和滑头学校，所以要做“黑幕派”的小说，所以要发行妖孽杂志！

至于学校方面，职业教育四个字，早已闹成了风气了。然而实际上，恐怕非但不能“职业”，并且还要妨害“教育”。我的意思，以为农业商业工业等学校，固然是职业教育；便是普通的中小学校，也未尝不是职业教育。因为前者所养成的人材，可以直接有益于各种实业；后者所养成的人材，也可以把他的学问心得，间接应用到实业上去。所以我们对于学校的观察，只要问它的功课好不好，不必问它的性质如何，所注重的是什么；只要问它能不能“教育”，不必问它“职业”不“职业”。无如现在的教育大家，计不出此，却在所有一切中小学校里，加了些烧窑，织席，做藤竹器……等功课，以为能如此，便是职业教育，再把“money”一个字，天天开导学生，以为能如此，便是实利主义。我想职业教育和实利主义，恐怕未必如此容易罢！

青年应该作工，本志(《新青年》)二卷二号吴稚晖先生的《青年与工具》一文中早已论过；然而这是青年应有的常识，并不是一种特别的教育。若要当作一种特别的教育看，请问各学校所请的烧窑，织席，做藤竹器……的教师，还是专门的工业家呢，还是普通的工人？学校中所讲的科学，如英文，算学，物理，化学(以及《古文辞类纂》!)等，是否与烧窑织席有关？学生毕业之后，能否应用所习的科学，去改良烧窑织席？如其这几个问题多能可决，那便算作职业教育的“具体而微”，也未尝不可；如其否决，则在学生一方面，是分出研究科学的精神来，去拜那无知识的窑匠席匠做老师，却又始终做不成窑匠席匠；在学校一方面，不过在教室之外，兼办一个习艺所！岂能算得什么职业教育？

至于实利主义，是一种最高尚的精神陶养：当把人类生存和社会结合的原理，渐渐的灌输到学生脑筋里去，方能有效；决不是手里拿了个皮夹，多叫两声“money”便算了事的。若竟如某君所说的“with it one can get anything in need"和"how to get money is the vital question now-a-days"。那就无怪乎袁世凯要拿出钱来制造他所需要的皇冕，更无怪乎洪述祖应桂馨为了赚钱问题，肯替别人去杀人了！

唯其我极赞成实利主义和职业教育，所以要不满意于现在的实利主义和职业教育。

1918 年 8 月 3 日

“作揖主义”

沈二先生与我们谈天，常说生平服膺《红》《老》之学。《红》，就是《红楼梦》；《老》，就是《老子》。这《红》《老》之学的主旨，简便些说，就是无论什么事，都听其自然。听其自然又是怎么样呢？沈先生说：“譬如有人骂我，我们不必还骂：他一面在那里大声疾呼的骂人，一面就是他打他自己。我们在旁边看着，也很好，何必费着气力去还骂？又如有一只狗，要咬我们，我们不必打它，只是避开了就算；将来有两只狗碰了头，自然会互咬起来。所以我们做事，只须抬起了头，向前直进，不必在这抬头直进四个字以外，再管什么闲事；这就叫作听其自然，也就是《红》《老》之学的精神。”我想这一番话，很有些同托尔司太的不抵抗主义相象，不过沈先生换了个《红》《老》之学的游戏名词罢了。

不抵抗主义我向来很赞成，不过因为有些偏于消极，不敢实行。现在一想，这个见解实在是大谬。为什么？因为不抵抗主义面子上是消极，骨底里是最经济的积极。我们要办事有成效，假使不实行这主义，就不免消费精神于无用之地。我们要保存精神，在正当的地方用，就不得不在可以不必的地方节省些。这就是以消极为积极：不有消极，就没有积极。既如此，我也要用些游戏笔墨，造出一个“作揖主义”的新名词来。

“作揖主义”是什么呢？请听我说：——

譬如早晨起来，来的第一客，是位前清遗老。他拖了辫子，弯腰曲背走进来，见了我，把眼镜一摘，拱拱手说：“你看！现在是世界不像世界了：乱臣贼子，遍于国中，欲求天下太平，非请宣统爷正位不可。”我急忙向他作了个揖，说：“老先生说的话，很对很对。领教了，再会罢。”

第二客，是个孔教会会长。他穿了白洋布做的“深衣”，古颜道貌的走进来，向我说：“孔子之道，如日月经天，江河行地。现在我们中国，正是四维不张，国将灭亡的时候；倘不提倡孔教，昌明孔道，就不免为印度、波兰之续。”我急忙向他作了个揖，说：“老先生说的话，很对很对，领教了，再会罢。”

第三客，是位京官老爷。他衣裳楚楚，一摆一踱的走进来，向我说：“人的根，就是丹田。要讲卫生，就要讲丹田的医生。要讲丹田的医生，就要讲静坐。你要晓得，这种内功，常做了可以成仙的呢！”我急忙向他作了个揖，说：“老先生说的话，很对很对。领教了，再会罢。”

第四五客，是一位北京的评剧家，和一位上海的评剧家，手携着手同来的。没有见面，便听见一阵“梅郎”“老谭”的声音。见了面，北京的评剧家说：“打把子有古代战术的遗意，脸谱是画在脸孔上的图案；所以旧戏是中国文学美术的结晶。”上海的评剧家说：“这话说得不错呀！我们中国人，何必要看外国戏；中国戏自有好处，何必去学什么外国戏？你看这篇文章，就是这一位方家所赏识的；外国戏里，也有这样的好处么？”他说到“方家”二字，翘了一个大拇指，指着北京的评剧家，随手拿出一张《公言报》递给我看。我一看那篇文章，题目是“佳哉剧也”四个字，我急忙向两人各各作了一个揖，说：“两位老先生说的话，很对很对。领教了，再会罢。”

第六客是个玄之又玄的鬼学家。他未进门，便觉阴风惨惨，阴气逼人，见了面，他说：“鬼之存在，至今日已无丝毫疑义。为什么呢？因为人所居者为‘显界’，鬼所居者，尚别有一界，名‘幽界’。我们从理论上去证明它，是鬼之存在，已无疑义。从实质上去证明它，是搜集种种事实，助以精密之器械，继以正确之试验，可知除显界外，尚有一幽界。”我急忙向他作了个揖，说：“老先生说的话，很对很对，领教了，再会罢。”

末了一位客，是王敬轩先生。他的说话最多，洋洋洒洒，一连谈了一点多钟。把“中学为体，西学为用”八个字，发挥得详尽无遗，异常透切。我屏息静气听完了，也是照例向他作了个揖，说：“老先生的话，很对很对。领教了，再会罢。”

如此东也一个揖，西也一个揖，把这一班老伯，大叔，仁兄大人之类送完了，我仍旧做我的我：要办事，还是办我的事；要有主张，还仍旧是我的主张。这不过忙了两只手，比用尽之心思脑力唇焦舌敝的同他们辩驳，不省事得许多么？

何以我要如此呢？

因为我想到前清末年的官与革命党两方面，官要尊王，革命党要排满；官说革命党是“匪”，革命党说官是“奴”。这样牛头不对马嘴，若是双方辩论起来，便到地老天荒，恐怕大家还都是个“缠夹二先生”，断断不能有什么谁是谁非的分晓。所以为官计，不如少说闲话，切切实实想些方法去捉革命党。为革命党计，也不如少说闲话，切切实实想些方法去革命。这不是一刀两断，最经济最爽快的办法么？

我们对于我们的主张，在实行一方面，尚未能有相当的成效，自己想想，颇觉惭愧。不料一般社会的神经过敏，竟把我们看得像洪水猛兽一般。既是如此，我们感激之余，何妨自贬声价，处于“匪”的地位；却把一般社会的声价抬高——这是一般社会心目中之所谓高——请他处于“官”的地位？自此以后，你做你的官，我做我的匪。要是做官的做了文章，说什么“有一班乱骂派读书人，其狂妄乃出人意表。所垂训于后学者，曰不虚心，曰乱说，曰轻薄，曰破坏。凡此恶德，有一于此，即足为研究学问之障，而况兼备之耶？”我们看了，非但不还骂，不与他辩，而且还要像我们江阴人所说的“乡下人看告示”，奉送他“一篇大道理”五个字。为什么？因为他们本来是官，这些话说，本来是“出示晓谕”以下，“右仰通知"以上应有的文章。

到将来,不幸而竟有一天,做官的诸位老爷们额手相庆曰:"谢天谢地,现在是好了,洪水猛兽,已一律肃清,再没有什么后生小子,要用夷变夏,蔑污我神州四千年古国的文明了。"那时候,我们自然无话可说,只得像北京括[刮]大风时坐在胶皮车上一样,一壁叹气,一壁把无限的痛苦尽量咽到肚子里去;或者竟带了这种痛苦,埋入黄土,做蝼蚁们的食料。

万一的万一竟有一天变作了我们的"一千九百十一年十月十日"了,那么,我一定是个最灵验的预言家,我说:那时的官老爷,断断不再说今天的官话,却要说:"我是几十年前就提倡新文明的,从前陈独秀、胡适之、陶孟和、周启明、唐元期、钱玄同、刘半农诸先生办《新青年》时,自以为得风气之先,其时我的新思想,还远比他们发生得早咧。"到了那个时候,我又怎么样呢?我想,一千九百十一年以后,自称老同盟的很多,真正的老同盟也没有方法拒绝这班新牌老同盟。所以我到那时,还是实行"作揖主义",他们来一个,我就作一个揖,说:"欢迎!欢迎!欢迎新文明的先知先觉!"

1918 年 9 月

半农发明这个"作揖主义",玄同绝对的赞成;以后见了他们诸公,也要实行这个主义。因为照此办法,在我们一方面,可以把宝贵的气力和时间不浪费于无益的争辩,专门来提倡除旧布新的主义;在他们诸公一方面,少听几句逆耳之言,庶几宁神静虑,克享遐龄,可以受《褒扬条例》第九款的优待;这实在是两利的办法。至于"到了万一的万一"那一天,他们诸公自称为新文明的先觉,是一定的;我们开会欢迎新文明的先觉,是对于老前辈应尽的敬礼,那更是应该的。

(玄同附记)

徐志摩先生的耳朵

近来正是窘极，要想在声乐范围之内，找些有趣的题目研究，竟是左也找不着，右也找不着。

多谢启明，将《语丝》首七期寄给我看。看到第三期，我不禁心花怒放，喜得跳起来说：

"好！题目有了，徐志摩先生的耳朵！"

先模仿徐先生的文笔说一句话：我虽不是音乐家，我可爱研究理论的音乐。

就我一知半解的程度去推测，或者是根据了我读过的三本半破书去推测，我总是模糊到一万零一分。我的耳朵，当然只配听听救世军的大鼓，和"你们夫人的披霞娜"；但那三本半破书的作者，或者比我高明些，或者也能听听"害世军"的大鼓，和你们丈夫的披霞娜。

然而徐先生竟是那么说而且是很正式，很郑重的宣布了。

我们研究这问题，第一要考察这现象是否真实。

"乡下"的看鬼婆婆（或称作看香头的），自说能看见鬼，而且说得有声有色：东是一个大的，西是一个小的，床顶上一个青面獠牙的，马桶角里落一个小白脸！但我若是个光学家，我就决不睬她；因为她只是看鬼婆婆罢了！

现在却不然。徐先生是哲学家，是诗人；他学问上与文艺创作上的威权，已可使我们相信到万分，而况他是很正式，很郑重的宣布的。

因此现象真实与否的一个问题，可以不成问题。若然有人对于徐先生的话，尤其是对于徐先生这样正式，这样郑重的话，还要怀疑，那么，此人真该“送进疯人院去”，此人一定不能“数一二三四”，因为他不知道徐先生与乡下看鬼婆婆之间，有多大的区别。

次一问题是：在徐先生能听我们所听不到的这一件事实上，或者说在这一个真确的现象上，我们应当推测，有几种可能，可以使这真确的现象成立？

于是我就就我的一知半解来推测了：

第一推测：徐先生所能听的音，或者是极微弱的音，是常人听不见的，这个假定如果对，徐先生耳朵上，一定有具自然的 microphone。

第二推测：亦许徐先生听到的是极远的音，是常人听不到的。那么徐先生耳朵上一定有一具自然的无线电受音器。

第三推测：亦许徐先生能听一秒钟一颤动的低音，以至于一秒钟一百万颤动的高音。那么，徐先生的耳鼓膜，一定比常人特别 sensible。我们可以说，这是双料道地的耳鼓膜。

第四推测：亦许徐先生的耳朵不但能听音而且能发音，发了之后还是自己听。这样，徐先生耳朵上，一定有一具——有一具什么呢？啊，惭愧，这个名词还没有发明呢！

这几个推测当然是不完备的。“天地大着”，幼稚的科学，何能仰测高深于万一呢？幸而我不久就回国。到北京后，我要用性命担保我的诚意，请徐先生给我试验试验。屈徐先生为 sujet 当然万分对他不起；但为探求真理起见，徐先生既不像上海新世界卖野人头的一样胡诌，我想他当然一定可以俯允我的要求。

徐先生！我们试验时，在未入本题之前，可先作两个附带试验（便这附带试验，也就重要得可以了）：

第一，我知道听音是耳鼓膜，而你却说是耳轮。

第二，你说皮厚皮粗不能听音，我就不知道那一部分的皮是有听觉的。还是人体皮肤的全部呢？还只是某一局部(例如脸皮)？

至于归到问题的本身，那自然尤其重要了。唯其重要，所以更难。最难的是徐先生的耳朵，不能割下观察与试验。但我总想尽我能力，打破难关。

万一竟是无法，我要与徐先生情商，定一个极辽远的预约：

到徐先生同太戈尔一样高名高寿之后，万一一旦不讳，而彼时我刘复幸而倘在，我要请他预先在遗嘱上附添一笔，将两耳送给我解剖研究，至少也须是两个耳轮，能连同它的细皮，自然更好。

我研究完了，决不将它丢到荒野中去喂鸟(因为这不是一件鸟事)，一定像德国人处置康德的头颅一样，将它金镶银嵌起来，供在博物院里。

若然不幸，我死在徐先生之前，我当然就没这样的好福分去研究。但我想"天地大着"，此间总有许多同我一样的好事者；我们总有一天能将这"甘脆的 mystic"研究出个究竟来，只拜望徐先生能多多赐助罢了。

1925 年 1 月 23 日

附录

徐先生原文中之两节

我自己更是一个乡下人，他的原诗我只能诵而不能懂；但真音乐原只要你听：水边的虫叫，梁间的燕语，山壑里的水响，松林里的涛籁——都只要你有耳朵听，你真能听时，这"听"便是"懂"那虫叫，那燕语，那水响，那涛声，都是有意义的；但它们各个的意义却只与你"爱人"嘴唇上的香味一样——都在你自己的想象里；你不信你去捉住一个秋虫，一支长尾巴的燕，掬一把泉水，或是攀下一段松枝，你去问它们说的是什么话——它们只能对你跳腿或是摇头；咒你真是乡下人！活该！

所以诗的真妙处不在它的字义里，却在它的不可捉摸的音节里；它刺激着也不是你的皮肤(那本来就太粗太厚!)却是你自己一样不可捉摸的魂灵——像恋爱似的,两对唇皮的接触只是一个象征;真相接触的,真相结合的,是你们的魂灵。我虽则是乡下人,我可爱音乐,“真”的音乐——意思是除外救世军的那面怕人的大鼓与你们夫人的“披霞娜”。区区的猖狂还不止此哪:我不仅会听有音的乐,我也会听无音的乐(其实也有音就是你听不见)。我直认我是一个甘脆的mystic。为什么不?我深信宇宙的底质,人生的底质,一切有形的事物与无形的思想的底质——只是音乐,绝妙的音乐。天上的星,水里泅的乳白鸭,树林里冒的烟,朋友的信,战场上的炮,坟堆里的鬼燐,巷口那支石狮子,我昨夜的梦……无一不是音乐做成的,无一不是音乐。你就把我送进疯人院去,我还是咬定牙龈认账的,是的,都是音乐——庄周说的天籁地籁人籁;全是的。你听不着就该怨你自己的耳轮太笨,或是皮粗,别怨我。你能数一二三四能雇洋车能作白话新诗或是能整理国故的那一点子机灵儿真是细小有限的可怜哪!生命大着,天地大着,你的灵性大着。

寄周启明

启明兄：

前三日寄出一篇小文，想已收到。

你寄给我的《语丝》，真是应时妙品。我因为不久就回国，心目中的故乡风物，都渐渐的愈逼愈近了。在报纸上偶然看到了隆福寺琉璃厂等地名，心中总以为这就离我大门不远，我可以随意去走走，花上一毛两毛，拾几本不相干的书。若然想到了朋友们，那竟是个个都到了面前了。启明的温文尔雅，玄同的激昂慷慨，尹默的大棉鞋与厚眼镜，什么人的什么，什么人的什么……嘿！这都只是些幻觉，并没有什么"干脆的 mystic"！

然而《语丝》竟把诸位老朋的真吐属，送到了我面前；虽然其中也有几位是从前不相识的，但将来总是很好的朋友。那么，你也可以想见我是多么的快活了！

《语丝》中使我最惬意的一句话，乃是你所说的："我们已经打破了大同的迷信，应该觉悟只有自己可靠……所可惜者中国国民内太多外国人耳。"我在国外鬼混了五年，所得到的也只是这一句话。我在两年前就有把这话说出的意思，但恐一说出，你就第一个骂我(因那时你或尚未打破大同的迷信)。别人骂我全不相干，因你是我的“畏友”（五年前的旧话重提了），不得不谨慎些。现在你先说了，我也就放肆了。

我们虽然不敢说，凡是“洋方子”都不是好东西，但是好东西也就太少。至少也可以说：凡是腿踏我们东方的，或者是眼睛瞧着我们东方这一片“秽土”的，其目的决不止身入地狱，超度苦鬼！

想到上海流氓有“外国火腿”这一个名词，有一部分人以为本国火腿当然不好，外国火腿却是当然该吃。因此他们说：外国人所以待中国人不好者，是中国人先自不好的缘故。又一部分人能于在外国火腿中分别牌号：白牌的火腿就不好，红牌的就是蜜甜的。但就我原始基本的感觉说，只须问是不是火腿，更不必问什么。我用“原始基本”这四个字，乃是把我自己譬作一个狗，无论是中国人英国人俄国人，他若踏我一脚，我就还他一口。这种思想当然不易为“人”所赞成，因为《逻辑启蒙》上说，“人者，理性动物也”。但我在此处，只是说说我个人的意思；我并没有功夫，精神，兴趣来宣传我这种主义。因此“他们”也尽可以安心，不必顾虑着有一条“恶狗拦当路”。

其实其实，梦也可以做醒了！别的不说，便说赔款这一个问题罢！日本是退还的了，其结果怎样？英国也将要退还了，结果怎样，睁着眼睛看罢！还有许多人要想法国退还，替中国人办学，却不知道法国巴黎大学的物理学教授郭东先生天天在那儿皱眉叹气，说国家太穷了，有许多重要仪器都办不了。

我们吃了败仗，我们赔，我们咬紧了牙齿赔，还有什么话说。上海流氓大叫三声好汉，自己戳个三刀六洞，这又是我的原始基本的办法了！

因为溥仪君的一件事，你与玄同都作了一篇文章。玄同文章中还有点牢骚，你的却完全是至诚的忠告。无如这位世兄，一则是年纪尚轻，程度尚低，二则是被他不良的家庭教育坏了，你们的话，说上去总不免有些隔靴搔痒。

但是我有些不明白，为什么你们这样起劲？据玄同所说，他从非人升而为人，也不过同青皮阿二出了习艺所一样。那么，为什么天天有青皮阿二出习艺所，你们并不天天写信作文章，却偏在这位世兄身上卖气力？若说你们心中，欲存着他是“前皇帝”的观念，那么，你们也就逃不出“狗抓地毯”的一条定律了！

次一件事，是你与某君所讨论的女裤问题。我想：这种的事不如不谈也罢。我并不以为这件事不能谈，也并不说你们的主张不对。但我总以为服装问题，只有“时尚”是个真主宰；科学家与审美家，都处于无能为力的地位。即如反对缠脚，若单靠了生理学家与审美学家的呼喊，恐决没有多大的力量；而从前垫高底装小脚的太太，现在一变而为塞棉絮装大脚者，一大半还是受了洋婆子“裙翻驼鸟腿”的影响。又如高底皮鞋，外国的生理学家没有一个不反对的；但是不幸，他若替他夫人化一百法郎买一双鞋，他就糊涂了！又外国女人盛夏时可以披皮，严冬时可以披纱。你若要从这里面找出个理由来，恐怕也就很不容易。

外国女人穿短裤（说外国女人不穿裤，我有点不相信；我虽没有到外国女人身上查验过，但衣服铺子的广告上，总画着许多女裤，想来是穿的），在现在是没有例外的了。但我看见古装跳舞里，也有长过于裙的女裤（式样同中国太太的差不多）。又最近二三年来，法国女人在家里喜欢穿 pyiama；当初只是当作寝衣，现在竟当作随便的家常衣。这种衣服的式样，十之九是一套中国男人穿的小裤褂，只是多上些花边，裤管也很长。从这两件事实上看，可见裤管短长，本身并不具有根本的美丑；美丑乃是时尚造成的。那么，现在“裙翻驼鸟腿”的时尚，在中国已有了极大的势力，再过几年，长裤准可消灭；你们两位，不是有些多事么！

在外国研究服装的，可以分作三派。一派是生理学家，就是反对细腰，反对脂粉，反对高底皮鞋的。他们的势力极小，连“刑于寡妻”也不够。第二派是成衣美术家，附庸着成衣美术评论家，而舞台衣饰美术家，也可归并在一起算账。他们的势力很大，便就巴黎一处说，所出周刊日刊，就有好几十种。有时他们打起笔墨官司来——例如 1921 至二二两年间的长裙短裤问题——一打可以打上半年，而且巴黎一动手，伦敦纽约等处也同时响应。第三派是服装史家，他们所出专书，就我在书摊子上所看见的说，也就有数十种。他们研究的结果，于历史上有极大用处。譬如年年五月中的贞德节，节场上卖东西的，变把戏的，以至于咖啡馆跑堂的，都穿起贞德当时的衣服来，连房子城堡，也做成当时式样，我们进去看看，有多大的趣味！至于历史戏的服装，那是不容说，尤其可以借着这专门学问，得到无限的帮助。

你们喜欢研究服装么？我希望你们做这第三派的服装史学家。

你批评林琴南很对。经你一说，真叫我们后悔当初之过于唐突前辈。我们做后辈的被前辈教训两声，原是不足为奇，无论他教训的对不对。不过他若止于发卫道之牢骚而已，也就罢了；他要借重荆生，却是无论如何不能饶恕的。

就《语丝》的全体看，乃是一个文艺为主，学术为辅的小报。这个态度我很赞成，我希望你们永远保持着，若然《语丝》的生命能于永远。我想当初的《新青年》，原也应当如此；而且头几年已经做到如此，后来变了相，真是万分可惜。

说到文学，我真万分的对她不起。她原是我的心肝宝贝！我虽不甚喜欢批评的文学，却爱自己胡诌几句（当然也说不上是创作）。可是自从到了欧州以后，一层是因为被一加二减直线曲线缠昏了，二层是因为讲究文学的朋友竟是没有，诗炉里生不起新火，竟几乎把她忘了：她竟如被我离弃得很渺远的一个情人一样。

但有时倦乏了，竟还想着她；她也有时居然肯来入梦！

我出国后作的诗，大都已抄给你看了。

我搜集的《国外民歌》，中间真有不少的好作品。我本想选译到了相当的程度，好好排比之后，出一部专书。现在却拟改计，译一些发表一些，将来译多了再整理。发表的地方，颇想借重《语丝》，不知你要不要把它一脚踢出。但如《歌谣》里也要，就只有平半分赃之一法。

我希望回国之后，处于你们的中间，能使我文学的兴趣，多多兴奋一些。

1925 年 1 月 28 日

悼“快绝一世の徐树铮将军”

恶耗传来，知道七年前曾与我们小有周旋的荆生将军，竟不幸而为仇家暗杀了。这件事，真使我们无论为友为敌的，都要起相当的伤感。单就我的意思说，我以为暗杀总不是人间应有的事。虽然当初徐将军之杀陆将军，手段也与暗杀相差无几，但若必须要在什么事上都讲起“礼尚往来”来，那就不免冤冤相报，将人间事弄成了一大堆的冤仇的集合。在这种情形之下，我们那里还能有生存的余地？这就是我所以要悼徐将军的重要的，而且是单独的理由了。

其次，徐将军也当然是“一世之雄”，可惜“天不假年”，使他既不能“流芳百世”，并连“什么万年”也“功亏一篑”，刹那间就变做了“而今安在”。我们知道不世出之怪杰，乃是天地间的灵气或厉气的结晶，但无论它是什么气，总是上天特地加工炼造的——犹之乎狐狸精之为物，也要有五百年的道行——那么，我们上体天心，岂得不一洒伤心之泪呢？

再次，我们知道死的悲哀，实际不在死者本人而在其关系人，因为死者一死便了，关系人却从此大不得了。这样，我们于是乎想出了许多大不得了的人了：

其一，当然就是白宫里的那位“内外感”圣人。他现在失去了一个右手，而那位“赦婢琏妾”的贵左手，一时又有些麻木不仁，他老先生的悲痛，自不待言。我们对他，不得不敬谨致唁。

其二，乃是国外国内的一班欢迎欢送，忙得屁滚尿流的阔老。他们欢迎欢送的目的，本是路人皆知的，现在可竟落了一场空，呜呼呜呼，夫复何言！我们对他们，也该相当的致唁。

其三，是他的一百多个随员，顾问，翻译，参议，下至无量数的二爷三小子之类。他们现在“树倒猢狲散”，“两只眼睛地牌式”，故末真正间架哉，阿要触毒头！我们对他们，自然也该一例致唁。

最后，便是东方的那一个贵国了！本年十二月二十五日，居留天津的该贵国人所办的天津日报，登了两段新闻，一段的题目是“叛将郭松龄の最后”，又一段的题目是“快绝一世の徐树铮将军”。哈哈，其喜可知，其喜可知！乃曾几何时而“快绝一世”四字竟成谶语！而可怜敝国的天，又不能赶快加工，替贵国在五分钟之内造出同样的一个鞠躬尽瘁的忠臣来，这不是糟尽天下之大糕么！我们对于该贵国，也该重重重重重重重重……的致唁！

1925 年除夕

骂瞎了眼的文学史家

从前我很失望，说中国近数十年来，不但出不出一个两个惊天动地的好人，而且出不出一个两个惊天动地的坏人，如名盗，名贼，名妓等。

后来可渐渐的感觉到我的谬误了。1920 年在伦敦，就听见有人说，我们监督大人的英文，比英国的司各德还好（注意，这不是卖鱼肝油的，乃是英国第一个历史小说家 Walter Scott）。接着听说上海滩上，出了一个大诗人，可比之德国的 Goethe 而无愧。接着又听说我们中国，连 Wilde 也有了，Johnson 也有了，Tagore 也有了，什么也有了，什么也有了……这等消息，真可以使我喜而不寐，自恨当初何以如此糊涂，把中国人看得半钱不值。

最近，又听说我们同事中，出了一位奇人。此人乃是

> 北京大学教授□□先生，
> 即名署□□的便是。

□先生的英文，据说比 Dickens 更好。同时他还兼了三个法国差使，他

> 既是 Voltaire，
> 又是 Zola，

更是 France!

这等话,都是见于经传的,并不是我信口胡诌。我现在对于□先生,欢喜赞叹之余,敬谨把他介绍于《语丝》的六千个读者;这件事,亦许是亵渎了□先生,因为我料定知道而且景仰□先生的人,至少总也有六千倍的六千了。

我所代□先生愤愤不平者,便是我翻遍了一切的英国文学史,没有看见□先生的各字。这些编文学史的,真是瞎了眼!而且□先生不但应在英国文学史中有地位而已也,他既是 Dickens-Voltaire-Zola-France 四个人的合体,那便是无论那一种世界通史中都应该大书特书的,然而我竟孤陋寡闻,没有找到一些影子。更退一百步说,法国 Institut 面前,至少也该把他们贵法国的 Voltaire-Zola-France 的合体,大大的造起一座铜像来,然而我离开法国时,好像没有看见。许是还没有完工罢!然而那班 Institut 的老头儿,可真是糊涂到万分以上了。再退一万步,H. G. Wells 的那部《世界史大纲》中好像也没有□先生的名字,这真有些古怪了。

Wells 是□先生的好朋友。我记得有一次,他写信与□先生,不写 dear Mr——,而写 dear——,□先生便高兴得浑身搔不着痒处,将原信遍示友朋。无如 Wells 竟糊涂到万万分,著书时把个极重要的人物,而同时又是他最亲密的朋友,竟轻轻的忘去了。好像我在杂志上,看见许多历史家说 Wells 不配作历史书,因为他将许多史的事弄错了。我不是历史家,不能批判这些评论对不对。现在就这件事上看起来,却要说 Wells 挨骂是活该。

我代□先生愤愤不平,我除痛骂这班历史家瞎眼而外,更无别法。但我很希望北大史学系主任朱遏先先生不要也忽略了这一件事。遏先!你该知道我们现在只有这一个人替我们中国绷绷场面,你还不赶紧添设"□□教授之研究"一科么?

1926 年 1 月 20 日

奉答□□□先生

□□先生：

我回了国已有五个半月了，竟没有能得到机会同你碰见，足见我们两人都是贵忙得很啊！但因为我有了一篇无聊游戏文章的缘故，竟使我们能有通信的机会，那也就不胜其可见之至了。

你问我的一句话，我可以这样回答：我并没有说你妹妹说你的英文比 Dickens 好。上期《语丝》中所登第一篇文章是我作的，次一个表是"爱管闲事"君作的，再次一篇文章是林语堂作的；这在《语丝》上写得明明白白的。但我还要声明，我们那天在太和春吃过了饭，我是写完了一篇文章就走的，后来如何有人做表，又如何鼓动了林语堂的兴趣，也大作而特作其文章，我竟全然不知道。我是直到《语丝》出了版，才知道我的大文之后还有一个大表，大表之后还有一篇大文。那么，你若要把表里的话也当做我的，岂不是等于要把"汉"朝人的《四书注疏》中的话，也当作了孔老先生的话么？（我作文章，一向喜欢用真名，不写刘复就写半农，除五六年前作诗，有时写寒星二字之外，再没有什么别的外号。"爱管闲事"究竟是谁，我至今还没有知道，将来查出了，定要同他（或她）上地方厅去打官司，因为他表题中用了我的姓，显然是影戏商标的行为。）

但你的误会也是在情理中的，因为我文章里也说到了 Dickens 的名字。这句话是根据于一个朋友的报告；但他说是你的姊姊这样说，并没有说你的妹妹。我因为相信这位朋友不说谎，等于我相信你□□□不说谎一样，所以才大胆写上；至于妹妹二字，乃是《语丝》出版之后才发见的。

其实呢，我也并不知道你有没有姊姊或妹妹，更不知道你的姊姊或妹妹是"强女子"或"弱女子"。但你意识中，既然以为我有了"无缘无故欺负一个弱女子"的嫌疑，(你"欺负"的"负"字，大概是"侮"字的笔误罢？因为"欺侮"与"欺负"，是大不相同的。)我对于多年的老朋友，岂可不特别出力，特别声明乎哉？于是我乃郑重声明曰：

□□□的妹妹并没有说她阿哥的英文比 Dickens 好！

□□□的妹妹并没有说她阿哥的英文比 Dickens 好！！

□□□的妹妹并没有说她阿哥的英文比 Dickens 好！！！

像这样，在《语丝》中只登了一次的阿哥与妹妹，现在加料又加料，声明了三次，您总可以不动气了吧！

至于你说的"就是五六年前的半农先生也有些不好意思吧"一句话，那真叫我惭愧到一百万分，惶恐到一千万分。你的意思，大约以为从前的半农不成东西，现在总该成得东西了。无如我这傻小子，别说五六年，便再过五六十年，恐怕也还是不成东西。吴稚晖先生说过，留学生好比是面筋，到西洋那大油锅里去一泡，马上就蓬蓬勃勃涨得其大无外。懿欤盛哉！懿欤盛哉！无如我先天就不是个面筋，乃是一块顽石，到了油锅里，便浸上一百年，也还是分毫不动。所以从前是无聊的，现在仍旧是无聊；从前是顽皮的，现在仍旧是顽皮。这真是大大的辜负了你和其他各位老友的希望了。

但长进虽不长进，堕落却也未必见得。从前没有拍过马，现在也就懒得去拍驴；从前不曾攀过龙，现在也就不屑去附凤。至对于弱女子，不但是无缘无故不敢欺侮，即便有缘有故，也断断不敢欺侮——即如"吾家"百昭用老妈子拉女学生的行为。我虽冥顽不灵，亦窃以为过矣。

没有长进，也没有堕落，这是可以告慰于你老朋的一句话。

现在要同你谈谈我那篇文章的用意了。我以为朋友间互相标榜，党同伐异，本是与世界一样长久的一件事。就标榜也得有个分寸。若说我家有个大鸡蛋，说它和鸭蛋一样大可也，说它和鹅蛋一样大亦可也，即推而至于说它和驼鸟蛋一样大，也总还可以勉强。不料现在人一说就说它和地球一样大，再一说就说它和太阳一样大，这不要叫人笑歪了嘴巴么？

胡乱的比拟，结果是双方不讨好的。譬如把志摩拟太哥儿，一方是唐突了太哥儿，因太哥儿不是一天做成的，是几十年来的修养与努力做成的；现在竟有人发明了速成法，把人家的几十年缩成了几个月或一二年，不是太哥儿本人，就变做了一钱不值么？同时对于志摩，也唐突得可以。太哥儿的成绩，大家已经看见的了；他要长进，也不能再进多少的了。志摩的事业，却正在开场，又安见他将来只值得一个太哥儿而不能超过了他做个太哥爷，太哥娘，又安见他不能超过了十倍八倍而做太哥公，太哥婆……这不是胡乱比拟的人唐突了人家，自己还全不觉得吗？

不幸的是你的头衔太多了，所以我那篇屁文中，把你做了个最大的目标。实际我对于你个人有什么过不去之处呢？那真是绝对的没有。我对于你人格和学问的敬爱，还是和当初我与孟真二人将你推荐于蔡先生时一样。便在昨天，有一位校长到我家里，问我能不能推举一个教英国文学史及英文修辞学的教员，我还极诚恳的说：就我所知，擅长此二学者，只有□□□徐志摩两位，不过现在他们的身价很高，能不能请教得动。你且去试试看罢。

但我对于两位的敬爱，也就只能固定在这一点上：要我打去些价，说你们两位的英文，只是略识 abc 而已，那是打死了我也不肯的，要我带上些谎，说你们两位竟是狄根斯太哥儿，那又是杀去了我的头再充我的军也是不肯的（因为狄太二公的著作，即使不论好坏而论分量，也已可搬出去换得几包取灯儿；你们两位的，却还不过薄薄的或厚厚的一两本）。这种顽皮不解世故的老脾气，至今不改，也是我五六年来老不长进的一个真凭实据啊！

因是多年老友，而又天性喜欢顽皮，所以你来了封很庄重的正式质问信，我竟用上一大堆的顽皮话来回答了。但顽皮尽可顽皮，正事不该忘去，最后一句，还得郑重声明：

□□□的妹妹并没有说她阿哥的英文比 Dickens 好！

1926 年 1 月 20 日

“呼冤”之余波

自从衣萍先生那封“呼冤”的信发表以后，几天以来，所接同类的通信或文章，已有三十多件——以后正是潮也似的涌来。这真叫我困难到万分了。说要选登罢，选了那一篇好（因为内容大致相同的，不过字句上或口气上稍有不同）？说要全登罢，可怜便把这副刊的篇幅完全牺牲了，也要有一两礼拜才登得完！无可如何，只得向诸位郑重道歉：对不起对不起，一概不登。

关于无名作者这一个问题，我已把我的态度表示过。诸位不必睁开了眼睛静等将来，便只把已经出版的副刊看一看，也就可以看得出我所选录的文章，究竟是有名作者的居多，还是无名作者的居多？

投稿人写出一篇文章，自然总希望立刻登出；不登出，心上总不能舒服。不过编辑人却并不是只对于投稿者担负片面的责任，他同时对于一般的读者（自然投稿者也包括在内），也担负了相当的责任。要是他只顾敷衍投稿者，而不顾一般的读者，将所有来稿，不加选择，一起登出，结果必使这样的刊物无人阅读，间接也就依旧影响到了投稿人——因为在无人阅读的刊物上登了出来的文章，岂不仍与不登一样？

我希望投稿诸君了解这一层，或者说，我希望投稿诸君顾念着小的这一分苦处。要知道来稿不加选择，随即付印，乃是编辑人最舒服的事；而且从根本上说，报馆中也就用不着编辑人，只须请投稿人将稿件直寄排字房，就什么都完事了。

总而言之，我对于无名作者的稿子是否一概抹煞，现在及将来，均有事实可证，无须空口说白话。至于选择上，自然是各有各的眼光，也自然是不免因此而有委曲诸君处。但这是无可如何的事，即使换一个别人来，他的眼光也就未必不别有所偏。我只能尽我的心，与投稿诸君开诚相见，正合着“岂能尽如人意，但求无愧我心”那两句迂话而已。

1926 年 7 月 6 日

谨防扒手！

我一向也会听见过有什么“抄袭家”也者，在别种刊物上闹得鸡犬不宁，好像是公共场中闹扒手似的，虽然被扒的是别人，而我们听见了，却不得不连忙摸一摸口袋，免得到了临时大呼哎哟！

不幸现在竟要呼哎哟了！

本刊第五六两号所登逍遥生的《词人纳兰容若》一文，现已有人告发，是向别种刊物中抄来的，而且连证据也已寄到。逍遥生来信中，别有真名，连住址也写得明明白白。但我以为这可以不必宣布，只须知道了我们遭到了扒手就是了。

其实此等扒手先生，既有这样偷天换日的本领，也尽可以到别方面去好好发展；在我们贵国里，有的是此辈大试身手的地方，而不幸竟只来光顾我们，也就未免可惜了。

此辈是防不胜防的，因为我们所读的当代刊物很少；即使认真读，也决然读不全，正如我们虽然要防扒手，也只能防到相当的程度，决不能把两只手永远摸着口袋，不做别事。为此，我要敬请诸位读者先生好好的帮帮我的忙，务期有案必破，使此辈不敢尝试，是不特区区之幸，抑亦诸翁先生之幸也。

1926年7月12日

神州国光录

南阳邓文滨所作《醒睡录》(同治七年成书，光绪初申报馆出版)第三卷中有“京华二好二丑”一节。二好是：字好，相公好；二丑是：白日大街遗屎丑，八股时文丑。其遗屎一节云：

何谓遗屎丑？厕屋者，行人应急所也，而都门以市衢为厕屋。狭隘胡同无论矣，外城若正阳门桥头，琉璃厂东西，内城若太学贡院前后街，东西四牌楼，皆百货云集，人物辐辏之区，其地无时不有解溲屈躬者。间有峨冠博带，荆钗布裙，裸体杂处，肉薄相逼，光天化日之中，毫不为怪，早晚间堆积累累，恶气秽形，令人不可向迩。而巡城官吏，无有以全羞恶，肃观瞻，荡秽瑕，免疹疫，经画区处者。故曰白日大街遗屎丑！

不要说外国鬼子了，便是我们南方蛮子到北京来，看见了小胡同里一簇一簇的小屎堆，大街上一摆一摆的大屎车，心中总不免有“观止”之叹。初不料六十年前，还有那么样的洋洋大观。夫六十年直花甲一周耳，以花甲一周之中而国粹沦亡有如此者，此忧时君子之所以仰天椎胸而泣血，而且大放其狗屁也！

明江宁顾起元所作《客座赘语》卷五中，有这样的一节。

晋纳后，六礼之文皆称《皇帝咨》。后家称“粪土臣某顿首稽首再拜”以答。又：宋时刺史二千石，拜诏书除辞阙板文云：“某官粪土臣某甲”。

从这上面，我们知道“臣”与“奴才”之外，还有“粪土臣”这样的一个好称呼，这真是找遍了世界万国的字书找不出来的一个好名词。呜呼！生乎古之世，吾其为粪土臣乎？生乎今之世，吾其免于为粪土臣乎？或曰：你休想！你是什么东西！你既不是国丈，又不是刺史二千石，离粪土臣还有一万年！

同书同卷又有这样的一节：

> 宋孝武至殷贵妃墓，谓刘德愿曰：“卿哭贵妃若悲，当加厚赏。”德愿应声便号恸，抚膺擗踊，涕泗交流。上甚悦，以为豫州刺史。

据说小鬼头采取了中国《金瓶梅》等书上的事实，纂成一书，以见中国民族之卑劣。若然这等事实也给他们采取了去，不知又作何等论调。然而人家说什么，尽可以不问，在我们看去，总是国粹，总是国光，总是精神文明！

1926年8月29日

开学问题

现在国立九校的开学与否，已成了一个很大的问题了；所以成问题者，无非为了几个钱字。

因为我也是九校中一校的教员，所以不免也要说几句话。

照理，付钱就作事，不付钱就不做，这是干脆而又干脆的一句话；而且“前账未清，免开尊口”，也是我们中国社会中的一条习惯法。

不过，我们中国是有“特别国情”的，尤其是在“此刻现在”。这特别国情四个字无论应用到什么地方，总可以得到些特别的结果；把它应用到首都的教育上来，那就是：

你要说学么？开你的！谁有闲工夫来管你的钱？

你要不开学么？那更好！破坏教育的是你，我可并没有教你破坏。

瞧！这是多么巧妙，多么玲珑的手腕！

我亲爱的挨苦挨饿的同事先生们，在这种情形下，你可以完全明白：你即使不开学，他们还仍是中怀坦然，昼不愧于人，夜不愧于鬼！如其不信，便看看那位“大磕头儿威灵吞苦”罢，他是被人家推为贤人政治中的一个角色的；他对于政治是很热衷的，他对于他将来的政治生命，当然没一时没一刻不在那儿打算的；他在外国人中走进走出，又自以为是风头十足，漂亮万分的，然而——这个然而应当大书特书的——他在中秋那一节，不已经把他贤人政客的真面目，赤裸裸的赏给我们看了么？

“春秋责备贤者”，其余衮衮诸公，也就可以不必多说了。

然而，我亲爱的挨苦挨饿的同事诸先生，一班在北京等候开学的学生，也实在太苦了。他们衮衮诸公尽可以辜负我们（手民注意：不要误排作滚滚诸公），我们苟其尚可典卖质押维持了生活去上课，还是替这班枯守北京的青年设身处地想想罢。

如果我们不上课，对于这班青年，当然并无责任之可言。因为负这责任的不是我们。但在这中国特别国情之下，方头靴子且不要穿，且顾念顾念师生间往日的情谊罢。

我说这份话，并不是学者“饭桶先生”之以清高责人。饭桶先生之清高，区区亦尝见之矣：有钱时的总长要做，没钱时拂袖而去，此清高也；没钱的校长死也不肯做，有钱的委员就走马到任，此清高也。呜呼，清高美名也，然而微饭桶其孰能享之？若吾辈者，其为浊低乎，其为浊低乎，呜呼而又呜呼！

1926年9月26日

打 雅

这年头儿“打”字是很时髦的。你看，十五年来，大有大打，小有小打，南有南打，北有北打，早把这中华民国打得稀破六烂，而呜他妈呼，打的还在打！

无论那一种语言里总有几个意义含混的“混蛋字”，有如英语中的“take”与“get”，法语中的“Prendre”与“rendre”。我们中国语里，这“打”字也就混蛋到了透顶。现在把它的种种不同的用法，就我想到的，写出几个来。

“打”字从“手”，“丁”声，其原义当然就是“打一个嘴巴”，“打破饭碗”，“打鼓骂曹”的“打”。与这原义全不相干的用法，却有：

（一）打电话　用电话机说话也。

（二）打电报　拍发电报也。

（三）打千里镜　用千里镜望远也。

（四）打样（一）　画图样也。

（五）打样（二）　印刷时先印出一张样子备校对也。

（六）打样（三）　上海话，店铺每晚收铺也。

（七）打样（四）　上海话，店铺关门大吉也。

（八）两人打得火热　相交得火热也。

（九）打水线　轮船行至浅水处时，用线垂入水中，测水之深度也。

（十）打不到底——打不到头　抵不到底，抵不到头也。

（十一）打算盘（一）　用算盘计算也。

（十二）打算盘（二）　考量也，计算也。例：他在这件事上打小算盘。

（十三）打算（一）　意欲也，拟也。例：我打算明天去看他。

（十四）打算（二）　计量也。例：你的事我还没有好好打算一下。

（十五）打结　挽成结也。

（十六）打酒（一）　买酒也。例：他拿了壶上街去打酒。

（十七）打酒（二）　置酒于盛酒之器中也。例：伙计！给我打半斤酒来。

（十八）打秋风——或作打抽丰　想些法儿敲人家一个小竹杠也。

（十九）打板子——或作打班子　南方语，发疟疾也。

（二十）打听　探听也。

（二十一）打扰——打搅　叨扰也。

（二十二）打坐　禅家语，静坐蒲团也。

（二十三）打斋　禅家语，化斋也。

（二十四）打早　趁早也。例：天气很热，得打早动身。

（二十五）打趣　南方语，嘲弄也。

（二十六）打诨　说趣话哄笑也。

（二十七）打闹　作伴免却冷静也。

（二十八）打招呼　互相招呼也。

（二十九）打边——打头——打底　在旁边，在头上，在底里也。

（三十）打底（二）　上海妓院中语，娘姨大姐代倌人侍寝也。

（三十一）打调子作文章　哼调子也。

（三十二）打脸　脸上画花文也。

（三十三）打手巾　绞手巾也。

（三十四）打后镜　南方语，妇女梳妆，用镜子二个，一前置，一后擎,使照出自己后容也。

(三十五)打呵欠　作呵欠也。

(三十六)打磕冲——或言打盹　磕睡也。

(三十七)打冷呃　胃中冷气逆上也。

(三十八)打杂　作杂事也。

(三十九)打牌　玩牌也。

(四十)打出一张牌　发出一张牌也。

(四十一)打十块底　以十块为一底作输赢也。

(四十二)打现钱——打欠账　以现钱或欠账作输赢也。

(四十三)打头　抽头钱也。

(四十四)打灯谜　猜灯谜也。

(四十五)打闲　不做事而在旁凑清趣也。

(四十六)打闲的　吃闲饭之人也。

(四十七)打格　南方语,兜卖也。

(四十八)打赖账　抵赖也,欠账不还也。

(四十九)打炮子　吸鸦片时烧烟膏为烟炮也。

(五十)打炮　伶界语,客串也。

(五十一)打把子　伶界语,摆把子也。

(五十二)打叶子　伶界语,旋叶子也。

(五十三)打票　轮船火车中用之,买票也。

(五十四)打抱不平　抱不平也。

(五十五)打胎　堕胎也。

(五十六)打格子　画格子也。

(五十七)打脸水　舀脸水也。

(五十八)打官司　涉讼也。

(五十九)打官话　说官话,走方路也。

(六十)不打紧　无关紧要也。

(六十一)打雷　雷鸣也。

（六十二）打伙　作伴也。

（六十三）铁打的　犹言铁做的。例：你脑袋不是铁打的！

（六十四）打通　开通也。例：打通那院子。

（六十五）定打　定造也。例：定打首饰；定打木器。

（六十六）打辫子　编成辫子也。

（六十七）打发　遣发也。

（六十八）打主意　立主意也。

（六十九）打点　整顿安排也。

（七十）打起精神做事　提起精神也。

（七十一）打一个圈子　兜一个圈子也。

（七十二）打嚏喷　嚏也。

（七十三）打岔　从旁捣乱也。

（七十四）打边鼓　从旁作声援也。

（七十五）打稿　起草也。例：让我打起腹稿来。

（七十六）打鼾　发鼾声也。

（七十七）把这张纸打成三寸长一寸阔的条子开成条子也。

（七十八）禅门第一戒是不打谎语　不说谎语也。

（七十九）打这儿走——打那儿走　从这儿走，从那儿走也。

（八十）打扮　妆扮也。

（八十一）打三分利　照三分利率算也。

（八十二）打了个照面　对面相值也。

（八十三）打照会（一）　办照会也。

（八十四）打照会（二）　上海语，打招呼也。

（八十五）打照会（三）　上海流氓语，男女眉目传情也。

（八十六）打蘸　建蘸也。

（八十七）打伴　南方语作打陶，作伴也。

（八十八）打雄　南方语，动物性交也。

（八十九）不打在账里算　不放在账里算也。

(九十) 打浆　用面粉加水，作成浆也。

(九十一) 用肥皂打打干净　洗洗干净也。

(九十二) 打包　捆成一包也。

(九十三) 打眼　钻孔也。

(九十四) 打帘子　掀帘子也。

(九十五) 打印　盖印也。

(九十六) 打扫　粪除也。

(九十七) 打铺盖　捆铺盖也，滚蛋回家也。

(九十八) 打得好根基　立得好根基也。

(九十九) 打量　估量也。

(一百) 打滚　翻滚也。例：在地上打滚。

信手写来已经写到一百，可以“打住”了。吓！“打住”，这又是一百〇一了。一百〇一是西人最喜欢的数目，这个年头，总以少吃洋屁为是，于是我乃由一百〇一进而为

(一百〇二) 打□□

哎哟！打什么呢？这个方方如何填补呢？小子江郎才尽，只得请教我的好朋友“某君”了。“某君”是声韵文字学的专门名家，而且还有一件事，叫作“打什么”，也是他自命不凡的，就请他来敬谨填讳罢！

四方仁人君子有愿作“续打雅”的么？请寄来，很欢迎。如果是方言的，请注明是什么地方的方言，注释也请特别详细些。

1926年11月20日

(从那时起，直到现在，我搜集到的关于“打”字的词头，已有八千多条了。二十一年八月二十二日附记。)

“好好先生”论

当任可澄将要上台做教育总长的时候，一天，我同适之在某处吃饭。我因任可澄这三个字好像有些不见经传——其实是我读的经传太少——就问适之：你看这人怎样？不要上了台也同老虎一样胡闹吗？适之说：“不会不会！他决不会！他是个好好先生。”

后来，好像又在什么报上看见记任可澄的事，说他做省长多年，调动的知事只有两三个。

其实调动知事的多少，我是绝对不要注意的。不过，拿这件事来做参考，似乎适之所说的好好先生一句话，总还有点可靠。

好好先生也并不是什么一个大不了的考语；换句话说，只是个“全无建白的庸人”；译作白话，乃是“糊里糊涂的大饭桶”。

但是，在这个年头儿，白米饭吃不饱，窝窝头也就可以将就；鸦片烟吃不着，吞上皮也就可以过瘾。所以，苟其任可澄真是好好先生，可就算啦！

于是我就睁着眼睛来看这位好好先生：

他第一个下马威，便是用武力接收女师大。

第二件事，便是他上台之后没有筹到一个镚子，却要分润别人所筹到的钱。

再次一件大事,便是活活的烧死了两个女生。

再次一件事便是不能为中小学筹钱,反从中捣乱,闹出京保两派的大风潮。

抹去零的不说,单说这四件事,也就够了罢。

或曰:任可澄屡次说过“以人格为担保”这一句话,他的人格既已做了担保品不放在自己家里,也就难于怪他。

如此说,他可真是个公而忘私的好好先生呢!

1926 年 12 月 5 日

老实说了吧

老实说了吧，我回国一年半以来，看来看去，真有许多事看不入眼。当然，有许多事是我在外国时早就料到的，例如康有为要复辟，他当然一辈子还在闹复辟；隔壁王老五要随地吐痰，他当然一辈子还在哈而啵；对门李大嫂爱包小脚，当然她令爱小姐的丫子日见其金莲化。

但如此等辈早已不打在我们的账里算，所以不妨说句干脆话，听他们去自生自灭，用不着我们理会。若然他们要加害到我们——譬如康有为的复辟成功了，要叫我们留辫子，"食毛践土"——那自然是老实不客气，对不起！

如此等辈既可以一笔勾销，余下的自然是一般与我们年纪相若的，或比我们年纪更轻的青年了。

我不敢冤枉一般的青年，我的确知道有许多青年是可敬，可爱，而且可以说，他们的前途是异常光明的，他们将来对于社会所建立功绩，一定是值得纪录的。

但我并不敢说凡是中国的青年都是如此，至少至少，也总可以找出一两个例外来。

我所说看不入眼的，就是这种的例外货。

瞧，这就是他们的事业：

功是不肯用的，换句话说，无论何种严重的工作，都是做不来的。旧一些的学问么，那是国渣，应当扔进毛厕；那么新一些的罢，先说外国文，德法文当然没学过，英文呢，似乎识得几句，但要整本的书看下去，可就要他的小命。至于专门的学问，那就不用提，连做敲门砖的外国文都弄不来，还要说到学问的本身么？

事实是如此，而“事业”却不可以不做，于是乎轰轰烈烈的事业，就做了出来了。

文句不妨不通，别字不妨连篇，而发表则不可须臾缓。

有什么了不得的东西可以发表呢？有！——悲哀，苦闷，无聊，沉寂，心弦，蜜吻，A姊，B妹，我的爱，死般的，火热的，热烈地，温温地……颠而倒之，倒而颠之，写了一篇又一篇，写了一本又一本。

再写一些，

好了

悲哀，苦闷，无聊……又是一大本。

然而终于自己也觉得有些单调了，于是乎骂人。

A是要不得的；B从前还好，现在堕落的不可救药的了；再看C罢，我说到了他就讨厌，他是什么东西！……这样那样，一凑，一凑又是一大本。

叫悲哀最可以博到人家的怜悯，所以身上穿的是狐皮袍，口里咬的是最讲究的外国烟，而笔下悲鸣，却不妨说穷得三天三夜没吃着饭。

骂人最好不在人家学问上骂，因为要骂人家的学问不好，自己先得有学问，自己先得去读书，那是太费事了。最好是说，这人如何腐败，如何开倒车，或者补足一笔，这人的一些学问，简直值不得什么，不必理会。这样，如其人家有文章答辩，那自然是最好；如其人家不睬，却又可以说，瞧，不是这人给我骂服了！总而言之，骂要骂有名一点的，骂一个有名的，可以抵骂一百个无名的。因为骂人的本意，只是要使社会知道我比他好，我来教训他，我来带他上好的路上去。所以他若是个有名人，我一骂即跳过了他的头顶。

既然是“为骂人而骂人”，所以也就不妨离开了事实而瞎骂。我要骂A先生的某书是狗屁，实际我竟可以不知道这书是一本还是两本。我要骂B先生住了高大洋房搭臭架子，实际他所住的尽可以是简陋的小屋——这也是他的错，他应当马上搬进高大洋房以实吾言才对。

哎哟，算了吧，我对于此等诸公，只有“呜呼哀哉”四字奉敬。

你们口口声声说努力于这样，努力于那样，实际你们所努力的只是个“无有”。

你们真要做个有用的青年么？请听我说：

第一，你们应当在诚实上努力，无论道德的观念如何变化，却从没有把说谎当作道德的信条的。请你们想想，你们文章中，自假哭以至瞎跳瞎骂，能有几句不是谎？

第二，你们要做人，须得好好做工，懒惰是你们的致命伤。你要到民间去么，扛上你的锄头；你要革命么，扛上你的枪；你要学问么，关你的门，读你的书；你要做小说家做诗人么，仔细的到社会中去研究研究，用心看看这社会，是不是你们那一派百写不厌的悲哀，苦闷，无聊……等滥调所能描写得好，发挥得好的。再请你看一看各大小说家大诗人的作品，是不是你们的那一路货！

算啦，再说下去也自徒然，我又何必白费？新年新岁，敬祝诸君好自为之！

1927年1月10日

为免除误会起见

为免除误会起见，我对于我那篇《老实说了吧》不得不有一番郑重的声明。

我那篇文章是受了一种刺激以后一气呵成的，所以话句上不免有说得过火的地方。但当时自己并不觉得，到登出以后才懊悔起来。所以懊悔者，恐怕人家没有看见文章的内容，而只把眼睛注射在我的情感上，结果是引不起人家的共鸣，而反要惹起人家的反抗。

而不幸事实竟是如此。

因此我不得不郑重声明那篇文章中语调之过火，而且表示歉意。

但对于文章的内容，我也应当用另一种形式的话句，重新写出。

我的意见只是如此：

（一）书是总要读的。若说"国渣"应当扔进毛厕，便是研究"洋粹"也应当先懂得洋文。

（二）书是要整本整本读的，若是东捞西摸，不求甚解，只要尝些油汤，那是不能有好结果的。

（三）要做文艺创作家，应当下切实的工夫，决不是堆砌些词头就完事的。

（四）记载或描写事物，态度应当诚实。

（五）评论或骂人，应当根据事实。

我所要说的话只是这几句。

我所希望于今之青年者，乃是要有一个“康健的心”，不是要有一个“病态的心”。

以有“病态的心”的人而能做成伟大的作家的，世界上也有过不少，例如美国的阿伦波，英国的勃雷克，法国的布特莱尔等等。但这只能算例外，并不能说凡是伟大的作家，都该有一颗病态的心；而且心的病态，是要出于自然的，不是可以强学的，强学了就是“东施效颦”。例如英国的王尔德，以他那种文采与才华，若是向文学的正途上走去，其成功必异常伟大，不幸他专门装腔作势的做了些“假神秘”的作品，所以到底只成了个二等的作家。这是文学史上的情实，并不是我凭空假造的。

我把我的正意简单说明了。乐意批评我的，就请在这些话上研究。要是能有理由将我所说各条驳翻，我就马上服从。要是没有理由驳我而只是蛮反对，我也并不坚持着要把我的见解做到大统一的地步。我们对于社会，只是在能于贡献些什么的时候，便贡献些什么。至于社会愿不愿承受，乃是社会自有的特权，我们无从勉强的。

那篇《老实说了吧》发表以后，已经有了两篇反响的文章，可惜都没有批评内容，只是反对我个人。但即就反对我个人而论，也犯了骂人不根据事实的毛病。说我回国之后除译过几首民歌而外就没有做什么，这是事实么？说我七八年以前的名字是“伴”侬，这是事实么？说我七八年以前是摹仿林黛玉贾宝玉的文妖——幸而还只是七八年，原书尚可找到，请查到了我摹仿林贾的文字再说（若说我的文字曾与文妖们的同登在一种杂志或报章上，就应当以文妖论，自然我也无话可说）。至于篇中无端的用起“醒狮”等字样来，似乎要把我同曾琦拉在一起，实在太客气了，何不竟就我说要复辟呢？此等文字，似乎我可以不必答辩吧。

1927年1月12日

以上两篇文章发表之后，参加讨论这问题的有好几十人，所作文字，有一部分是寄给我的，由我登入我所编的《世界日报副刊》（赞成反对的都有），另一部分以痛骂我个人为目的，则由某君主编，登入当时某政客所办的《每日评论》；后面一篇文章，便是这个问题的总结束。

二十一年八月二十二日，附记

“老实说了”的结束

关于“老实说了”的文章，登到昨天已登了十八篇了。剩下的稿子虽然还有三五篇，却因内容大致是相同的，不打算发表了。（只有杜棠君的一篇《为老实说了罢注释》，说我之所以要做《老实说了罢》，由于《幻洲》第六期中潘某骂我之不根据事实，意想似乎别致些。其实这个揣想是不尽真确的。潘某之骂人，并不必到了第六期中才没有根据事实。他说我的《扬鞭集》用中国装订是盯徐志摩的梢，早就大错。新书用旧装，起于我的《中国文法通论》。这书出板[版]于民国八年。并不像宋板[版]元板[版]那样渺茫，而潘某竟没有看见，是诚不胜遗憾之至！）

登了这么些的文章，要说的话似乎都已给人家说尽，我要再说几句，的确很难。但不说几句又不好，无可如何，只能找几句人家没有说过的话说一说。

我说：这回的讨论，结果是当然不会有的。但结果尽可以没有，而能借此对于青年们的意志作一番测验工夫，也就不能说不上算。

于是，我就不得不对于干脆老实的蒋缉安先生大表敬意了。他痛痛快快的说：书不必读，更不要说整本整本；要做文艺创作家，舍堆砌辞头而外无他法；描写或记载事物，态度不必诚实。这种的话，要是“青年”们早就大书特书的宣布出来，我们也早就把他们认清了。不幸他们没有，直到我的文章出现了才由蒋先生明白说出，虽然迟了一点，究竟还是我们的运气。

不过，在这一点上，我对于我的老朋友岂明先生不免要不敬一下。他以为我的话是老生常谈，同吃饭必须嚼碎一样普通；他看见了蒋先生的话，不要自认为常识不够吗？

在隐名于“太乙老人”的人的一篇文章（见《每日评论》）里，我们发见了“真天足”“假天足”两个名词。这尽可以不必加以辩正，因为名与实，究竟是两件事：你尽可以自己题上个好名，再给别人加上个恶名，这种名称适合与否，自有事实在那里说话。

同在这一篇文章里，我们看见了“来，教训你”这一句话。果然，我在这一篇文章里，以及他的同党诸君的文章里，得到了不少的教训。

第一，便是岂明所说的，不捧且不可，何况是骂。所以我们应当注意，现在的青年们，比前清的皇帝还要凶得多。

第二，因为要骂鲁迅，所以连厨川白村也就倒了霉；因为要骂我，所以连《茶花女》一书也就打在“一类的东西”里算账。皇帝时代的诛连，“三族”也罢，“九族”也罢，总只限于亲族，此刻却要连累到所译的书，或所译的书的作者。最好我们还是不译书罢，因为我们译了书而带累原作者挨骂，未免罪过。

第三，我说的是“功是不肯用的”，这分明与肯用功而景况不能用功者无关。但是，人家偏没有看见“肯”字，偏要说：“俺同情于那般要求知识而得不着知识的青年”，偏要说：“有多少青年已经衣不蔽体，饥不得食，这就是你所骂的青年们。”这就是“真天足”的青年们的辩论上的战略！

而况，现在中国的环境，真已恶得绝对不能读书了么？这话我也有些怀疑。我只觉得肯读书的人，环境坏了，只是少读些便了，决不至于完全不读；不肯读书的人，环境坏时固然可以咒骂着环境而说不能读，到环境好时可以赞咏着环境而说不必读，真所谓：

春天不是读书天，
夏日炎炎正好眠，
秋有蚊虫冬有雪，
收拾书包好过年。

与其这样扭扭捆捆说出许多理由来，还不如蒋缉安先生大刀阔斧的说声不要读，倒还真有些青年的精神。

第四，现在的博士与大学教授两个名词，大约已经希臭不可当的了。所以，做文章称别人为博士，为教授，也不失为一种武器。所可异者，博士和教授都是大学里生产出来的。他一方面在咒骂博士教授之要不得，一方面又并不说大学之要不得，反在说“北京大学成了个什么模样”。但是，这有什么要紧呢，说话本来就是自由的！

第五，蒋缉安先生既已说了不要读书，却没有替青年们的一本一本的文艺创作加上一条，但书，似乎是个小小的缺漏。因为，若说这一本一本的不是给人家读的，请问出了有什么用；若说是给人家读的，读的人就首先破了青年们的读书戒，这不是进退两难么？

第六，蒋先生要我证明林肯之有伟大成绩，由于多读书。这当然是做不到的，因为林肯读的书，的确不多。可惜蒋先生不赞成读书，我不敢请他翻书；世间若有赞成读书的“妄人”，只须把《英国百科全书》第十六卷第七〇三页翻一翻，就可以看见林肯如何在困苦艰难之中要想读书，他那时书本如何缺少，教员如何缺少——他那时的环境，才真可以说是没法读书的环境——而他到底因为要读书的缘故，虽然读得不多，终还读了几本，而且读的很好。但是，“文艺家啊，不是书记官”，这种的事实也尽可以不管。

听见说到林肯的名字，自然应当欢喜赞叹的。美国只有一个林肯，已替全美国人吐气不少。现在我国有了一群群一队队的林肯，加之以一群群一队队的尼采，这是何等值得恭喜的事啊！

第七，我七八年前名字是不是叫“伴”依，似乎并不像洪荒以前的事一样难考。第一次人家硬派我叫伴侬，我说：这是事实么？不料他第二次还是横一声伴侬，竖一声伴侬，而且说我已经承认了。在这一点小事上，也就可以看得出青年们在论辩上所用的特别方法。若说他头脑不清，当然不是；许是喝了“萄葡酒”有点“微醺”罢。

第八，“《新青年》在中国思想史上曾占据了一个时期”这一句话，《新青年》同人万万当不起。看他把“纸冠”硬戴在人家头上，而随即衬托出自吹自打的文章来，技术何等高妙；可惜究竟不大朴素，不如把“真天足”的青年运动倒填年月，使“假天足”的人消灭于无形，这就分外有声有色了。

够了，“教训”受够了。

我这篇东西发表以后，凭他们再有什么“教训”，我一概敬谨领受。若是他们不用文字而用图画，如已经画过的拉屎在人头上及拉屎在书面上之类，我也一概尊而重之，决不把它看作墙壁上所画的乌龟，或所写的“王三是我而[儿]子”。

[附言]

有许多人不满意于我第二篇的《为免除误会起见》，说我被他们一骂而害怕。其实我第二篇文章登出之后他们还在骂。如果我怕，为什么不《再为免除误会起见》《三为免除误会起见》呢？我的意思，只是恐怕感情话人家听不进，不如平心静气说一说。平心静气说了，人家还是听不进，那我还要说什么？我不但要将第二篇文章取消，便连第一篇也要取消，因为对于这等人无话可说。“不可与言而与之言，失言。”我没有孔老先生“知其不可为而为之”的美德，所以最后只能拿出我的“作揖主义”来了。

十六年一月二十八日北京

学问边上

两盗（拟拟曲）

闹市尽处，颓垣败壁之旁，二人方抵（扺）掌而谈，音吐瑟缩，若有所惧。

[甲] 一举而得十金，汝得其四，我得其六，亦甚善。

[乙] 得之殊不易。唉！我辈杀人越货，我之心，乃亦若见杀于人，尔心又何若？

[甲] 若何昧昧！若发白矣，胡乃无胆！且一击而杀彼，于彼无所苦。

[乙] 杀之终是罪孽。彼面目秀美，如圆月之放光。今一被吾人之刃，世间遂仅余一月，形单而影只矣，唉！

[甲] 趣低声言之！若胡愚妄不惧死？此间贵人多，且有权力，官府亦善察，尔胡愚妄不惧死？

[乙] 我刺彼时，彼唇张舌动，未及发声而其身已付诸大化，思之殊可悯恻。此十金得来殊不易。

[甲] 速默！勿复言此！独不见亭亭彼美，已登彼古塔之颠，凭阑而远眺邪？

[乙] 此小娘子亦甚有胆，乃敢履此危塔。

[甲] 尔尚不知其所欢。其所欢尝自塔外缘壁而上，以达于顶。

此小娘子见之，以少年英勇至此，叹为得未曾有，遂许之以身。嫔[姘]有日矣，而……

[乙] 而，何者？

[甲] 而不知此少年人已……

[乙] 已，何者？

[甲] 已丧于吾辈之手。

[乙] 嗟夫！此事确耶？此事果确，彼小娘子尚复何望？

[甲] 岂无所望？彼方谓意中人姗姗来迟，初不知狭巷之中，已有一人陈尸于地，血染尘埃，且由殷而紫矣。

[乙] 伤哉！尔胡不杀他人而杀此？今也鹄失其雄，此后将沉浸于眼泪中矣。

[甲] 哈哈！吾辈猛兽生涯，岂能择人而噬。且世间女子，多半无情，今日见甲死而恸哭，明日即熏沐以为乙容。伙伴！尔阅世深，胡不知此！

[乙] 勿为此忍心语！独不见残阳一角，正照彼美花颐玉额之间，两目盈盈，热泪已破睫而出。

[甲] 彼尚梦梦，胡由能哭？或者于睡梦中与所欢谇诟，是以苦水盈其目。

[乙] 或于睡梦中见其意中人沐血呼冤，故戚戚疑为恶兆。精诚所感，容或有此。

[甲] 世间安得有鬼？

[乙] 人尽若汝，则举世无人，无人安得有鬼？即谓无鬼，亦或彼登高瞩远，已见狭巷中之尸。

[甲] 巷旁高垣夹峙，苟眼光非曲，安能见尸。女子之心，固曲屈如盘蛇，谓其眼光亦曲，我乃未信。

[乙] 此女尚少，戕其所天，意终不忍。

[甲] 天夜矣，归休！

[乙] 天夜矣，白日已逐长夜而去，惨然无色，后此我心，乃同此日。

［甲］夜则复明耳，日出瞬息间，奚戚戚？

［乙］我得此四金，乃觉甚重。

［甲］若穷鬼！一旦得钱，便觉其重。今夜甚冷，第以尔钱买一醉，则冷祛而重亦不汝累。

［乙］今夜甚冷，我乃甚热，以此钱置掌中，一若彼小娘子丝丝热泪，痛炙我手，不可复当。我今思之，遇汝实非我福。

［甲］遇我非福，还我钱可矣。

［乙］善！还汝钱，始足略消我谴。我今归矣，宁饿死，不愿再见汝。

1915 年 6 月

奉答王敬轩先生

王敬轩君来信

新青年诸君子大鉴某在辛丑壬寅之际有感于朝政不纲强邻虎视以为非采用西法不足以救亡尝负笈扶桑就梅谦博士讲习法政之学归国以后见士气嚣张人心浮动道德败坏一落千丈青年学子动辄诋毁先圣蔑弃儒书倡家庭革命之邪说驯至父子伦亡夫妇道苦其在妇女则一入学堂尤喜摭拾新学之口头禅语以贤母良妻为不足学以自由恋爱为正理以再嫁夫失节为当然甚至剪发髻曳革履高视阔步恬不知耻鄙人观此乃别提倡新学流弊甚多遂噤不敢声辛亥国变以还纪纲扫地名教沦胥率兽食人人将相食有识之士靡然心伤某虽具愚公移山之志奈无鲁阳挥戈之能遁迹黄冠者已五年矣日者过友人案头见有贵报颜曰新青年以为或有扶持大教昌明圣道之论能拯青年于陷溺回狂澜于既倒乎因亟假读则与鄙见所期一一皆得其反噫贵报诸子岂犹以青年之沦于夷狄为未足必欲使之违禽兽不远乎贵报排斥孔子废灭纲常之论稍有识者虚无不发指且狂吠之谈固无伤于日月初无待鄙人之驳斥又观贵报对于西教从不排斥以是知贵报诸子殆多西教信徒各是其是亦不必置辩惟贵报又大倡文学革命之论权兴于二卷之末三卷中乃大放厥词几于无册无之四卷一号更以

白话行文且用种种奇形怪状之钩挑以代圈点贵报诸子工于媚外惟强是从常谓西洋文明胜于中国中国宜亟起效法此等钩挑想亦是效法西洋文明之一但就此形式而论其不逮中国圈点之美观已不待言中国文字字字匀整故可于每字之旁施以圈点西洋文字长短不齐于是不得不于断句之处志以符号于是符号之形式遂不能不多变其在句中重要之处祇[只]可以二钩记其上下或亦用密点乃志于一句之后拙劣如此而贵报乃不惜舍己以从之甚矣其惑也贵报对于中国文豪专事丑诋其尤可骇怪者于古人则神圣施耐庵曹雪芹而土芥归震川方望溪于近人则崇拜李伯元吴趼人而排斥林琴南陈伯严甚至用一网打尽之计目桐城为谬种选学为妖孽对于易哭庵樊云门诸公之诗文竟曰烂污笔墨曰斯文奴隶曰丧却人格半钱不值呜呼如贵报者虽欲不谓之小人而无忌惮盖不可得矣今亦无暇一一辩驳第略论其一二以明贵报之偏谬而已贵报三卷三号胡君通信以林琴南先生而方姚卒不之踣之之字为不通历引古人之文谓之字为止词而踣字是内动词不当有止词贵报固排斥旧文学者乃于此处因欲驳林先生之故不惜自贬声价竟乞灵于孔经已足令识者齿冷至于内动词止词诸说则是拾马氏文通之唾余马氏强以西文律中文削趾适屦其书本不足道昔人有言文成法立又曰文无定法此中国之言文法与西人分名动讲起止别内外之文法相较其灵活与板滞本不可以道里计胡君谓林先生此文可言而方姚卒不踣亦可言方姚卒不因之而踣却不可言方姚卒不之踣不知此处两句起首皆有而字皆承上文论文者独数方姚一句两句紧相衔接文气甚劲若依胡君改为而方姚卒不踣则句太短促不成音节若改为而方姚卒不因之而踣则文气又近懈矣贵报于古文三味全未探讨乃率尔肆讥无乃不可乎林先生为当代文豪善能以唐代小说之神韵移译外洋小说所叙者皆西人之事也而用笔措词全是国文风度使阅者几忘其为西事是岂寻常文人所能企及而贵报乃以不通相诋是真出人意外以某观之若贵报四卷一号中周君所译陀思之小说则真可当不通二字之批评某不能西文未知陀思原文如何若原文亦是如此不通则其书本不足译必欲译之亦当达以通

顺之国文乌可一遵原文多迻译致令断断续续文气不贯无从讽诵乎噫贵报休矣林先生渊懿之古文则目为不通周君蹇涩之译笔则为之登载真所谓弃周鼎而宝康瓠者矣林先生所译小说无虑百种不特译笔雅健即所定书名亦往往斟酌尽善尽美如云吟边燕语云香钩情眼此可谓有句皆香无字不艳香钩情眼之名若依贵报所主张殆必改为革履情眼而后可试问尚复成何说话又贵报之白话诗则尤堪发噱其中有数首若以旧日之诗体达之或尚可成句如两个黄蝴蝶改为双蝶飞上天改为凌霄不知为什么改为底事则辞气雅洁远乎鄙倍矣此外如胡君之他通首用他字押韵沈君之月夜通首用着字叶韵以及刘君之相隔一层纸竟以老爷二字入诗则真可谓前无古人后无来者吾意作者下笔之时恐亦不免颜赧不过既欲主张新文学则必异想天开取旧文学中所绝无者而强以凑入耳此等妙诗恐亦非西洋所有也贵报之文什九皆嵌入西洋字句某意贵报诸子必多留学西洋沐浴欧化于祖国文学本非所知深恐为人耻笑于是先发制人攻踣之不遗余力而后可以自便某迂儒也生平以保存国粹为当务之急居恒研究小学知中国文字制作最精如人字左笔为男。男为阳为天。故此笔之末。尖其锋以示轻清上浮之意。右笔为女。女为阴为地。故此笔之末。顿其锋以示重浊下凝之意。又如暑字中从土。上从日。谓日晒地上也。下又从日。谓夕阳西下之后日入地下也。土之上下皆有日。斯则暑气大盛也。中以丿贯其上下二日。以见二日仍是一日。古人造字之精如此。字义含蕴既富字形又至为整齐少至一画多或四五十画书于方寸之地大小可以停匀如一字不觉其扁。鸾字不觉其长。古人造字之妙岂西人所能梦见其对偶之工尤为巧不可阶故楹联之文亦为文字中之一体西字长短无定其楹联恐未能逮我不但楹联如赋如颂如箴如铭皆中国国粹之美者然言西洋文学者未尝称道及此即贵报专以提倡西洋文学为事亦只及诗与小说二种而尤偏重小说嗟夫论文学而小说为正宗其文学之荒伧幼稚尚何待论此等文学居然蒙贵报诸子之崇拜且不惜举祖国文学而一网打尽西人固应感激贵报矣特未识贵报同人扪心自问亦觉内疚神明否耶今请正告诸子文有骈散各极其妙唯中国能之骈体对仗工整属句丽辞不同凡响引用故实采撷词藻非终身寝馈于文选诸书者不能工也胡钱诸君皆反对用典。胡君斥王渔洋秋柳诗。谓无不可作几样说法。钱君斥佩文韵府为恶劣腐朽之书。此等论调。正是二公自暴其俭学。以后望少说此等笑话。免殆讥通人。散体则起伏照应章法至为谨严其曲折达意之处多作波澜不用平笔令读者一唱三叹能得弦外余音非深明桐城义法者又不能工也选学之文宜于抒情桐城之文宜于论议悉心研求终身受用不穷与西人之白话诗文岂可同年而语顾乃斥之曰妖孽曰谬种恐是夫子自道耳某意今之真能倡新文学者实推严几道林琴南两先生林先生之文已如上述若严先生者不特能以周秦诸子之文笔达西人发明之新理且能以中国古训补西说之未备如论理学译为名学不特可证西人论理即公孙龙惠施之术且名教名分名节之义非西人理[论]理学所有译以名学则诸义皆备矣中性译为罔两假异兽之名以明无二之义理想国译为乌托邦则乌有与寄托二义皆大显明其尤妙者译音之字亦复兼义如名学曰逻辑逻盖指演绎法辑盖指归纳法银行曰板克大板谓之业克胜也板克者言营业操胜算也精妙如此信非他人所能几及与贵报诸子之技穷不译径以西字嵌入华文中者相较其优劣何如望平心思之鄙人非反对新文学者不过反对贵报诸子之排斥旧文学而言新文学耳鄙人以为能笃于旧学者始能兼采新知若得新忘旧是乃荡妇所为愿贵报诸子慎勿蹈之也自海禁大开以还中国固不可不讲求新学然讲求可也采用亦可也采彼而弃我则大不可也况中国为五千年文物礼义之邦精神文明敻非西人所能企及即物质文明。亦尽有胜于四人者。以医学而论。中医神妙之处甚多。如最近山西之鼠疫。西人对之。束手无策。近见有戴子光君发明之治鼠疫神效汤。谓在东三省已治愈多人。功效极速。云云。又如白喉一症。前有白喉忌表抉微一书。论症拟方。皆极精当。西人则除用血清外。别无他法。于此可见西医之不逮中医。惟工艺技巧彼胜于我我则择取焉可耳总之中学为体西学为用则西学无流弊若专恃西学而蔑弃中学则国本既隳焉能五稔以上所言知必非贵报诸子所乐闻鄙人此书不免有失言之愆然心所谓危不敢不掬诚相告知我罪我听诸国人之公论而已[已]呜呼见披发于伊川知百年之将戎辛有之叹不图于吾生亲见之矣哀哉哀哉率布

不尽顺颂

撰安

戊午夏历新正二日王敬轩緘

敬轩先生：

来信"大放厥辞"，把记者等狠狠的教训了一顿。照先生的口气看来，幸而记者等不与先生见面；万一见了面，先生定要挥起巨灵之掌，把记者等一个嘴巴打得不敢开口，两个嘴巴打得牙齿缝里出血。然而记者等在逐段答复来信之前，应先向先生说声"谢谢"，这因为人类相见，照例要有一句表示敬意的话；而且记者等自从提倡新文学以来，颇以不能听见反抗的言论为憾，现在居然有你老先生"出马"，这也是极应欢迎，极应感谢的。

以下是答复先生的话：

第一段（原信"某在辛丑壬寅之际……各是其是，亦不必置辩"。）

原来先生是个留学日本速成法政的学生，又是个"遁迹黄冠"的遗老，失敬失敬。然而《新青年》杂志社，并非督抚衙门，先生把这项履历背了出来，还是在从前听鼓省垣，听候差遣时在手版上写惯了，流露于不知不觉呢？还是要拿出老前辈的官威来恐吓记者等呢？

先生以为"提倡新学，流弊甚多"，又如此这般的说了一大串，几乎要把上下五千年，纵横九万里的一切罪恶，完全归到一个"新"字上。然而我要问问："辛丑壬寅"以前，扶持大教，昌明圣道的那套老曲子已唱了二千多年，始终没有什么洋鬼子——这个名目，是先生听了很欢喜的——的“新法”去打搅他，为什么要弄到“朝政不纲，强邻虎视”呢？

本志排斥孔子，自有排斥孔子的理由。先生如有正当的理由，尽可切切实实写封信来，与本志辩驳；本志果然到了理由不能存立的时候，不待先生督责，就可在《新青年》杂志社中，设起香案，供起“至圣先师大成孔子”的牌位来！如先生对于本志所登排斥孔教的议论，尚未完全读过；或读了之后，不能了解；或竟能了解了，却没有正当的理由来辩驳，只用那“孔子之道，如日月经天，江河行地”的空话来搪塞；或用那“岂犹以青年之沦于夷狄为未足，必欲使之违禽兽不远乎”的村妪口吻来骂人，那本志便要把先生所说的“狂吠之谈，固无伤于日月”两句话，回敬先生了！

本志记者，并非西教信徒；其所以“对于西教，不加排斥”者，因西教之在中国，不若孔教流弊之大，比较上尚可暂从缓议。至于根本上，陈独秀先生早说了“以科学解决宇宙之谜”一句话，蔡孑民先生，又发表过了《以美术代宗教》一篇文章，难道先生竟没有看见么？若要本志记者，听了先生的话，替孔教徒做那攻乎异端的事业，那可糟糕，恐怕你这位老道，也不免在韩愈所说的“火其书，庐其居”之列罢！

第二段（原文“唯贵报又大倡文学革命之论，……甚矣其惑也”。）

浓圈密点，本科场恶习，以曾国藩之顽固，尚且知之，而先生竟认为“形式美观”，且在来信之上，大圈特圈，大点特点；想先生意中，必以为这一篇经天纬地的妙文，定能使《新青年》诸记者拜服得五体投地；又想先生提笔大圈大点之时，必摇头摆脑，自以为这一句是一唱三叹，那一句是弦外之音，这一句平平仄仄平平，对那一句仄仄平平仄仄对得极工；初不知记者等虽然主张新文学，旧派的好文章，也读过不少，像先生这篇文章，恐怕即使起有清三百年来之主考文宗于地下，也未必能给你这么许多圈点罢！

闲话少说。句读之学，中国向来就有的；本志采用西式句读符号，是因为中国原有的符号不敷用，乐得把人家已造成的借来用用。先生不知“钩挑”有辨别句读的功用，却认为是代替圈点的；又说引号（“ㄍ”）是表示"句中重要之处",不尽号(……)是把"密点"移在"一句之后":知识如此鄙陋,唯有敬请先生去读了些外国书,再来同记者说话。如先生以为读外国书是"工于媚外,唯强是从",不愿下这功夫;那么,先生!便到了你墓木拱矣的时候,还是个不明白!

第三段(原文"贵报对于中国文豪……无乃不可乎"。)

先生所说的"神圣施曹而土芥归方……目桐城为谬种,《选学》为妖孽",本志早将理由披露,不必再辩。至于樊易二人的笔墨,究竟是否"烂污",且请先生看看下面两段文章——

……你为我喝采时,震得人耳聋。你为我站班时,羞得人脸红。不枉你风月情浓,到今朝枕衾才共。卸下了《珍珠衫》,做一场《蝴蝶梦》。……这《小上坟》的祭品须丰,那《大劈棺》的斧头休纵。今日个唱一出《游宫射雕》,明日里还接演《游龙戏凤》。你不妨《三谒碧游宫》,我还要《双戏桃山洞》。我便是《缝褡膊》的小娘,你便是《卖胭脂》的朝奉。(见樊增祥所著《琴楼梦》小说)

……一字之评不愧"鲜",生香活色女中仙。牡丹嫩蕊开春暮,螺碧新茶摘雨前。……玉兰片亦称珍味,不及灵芝分外鲜。……佳人上吊本非真,惹得人人思上吊!……试听喝采万声中,中有几声呼"要命"!两年喝采声惯听,"要命"初听第一声。不啻若自其口出,忽独与余兮目成!我来喝采殊他法,但道"丁灵芝可杀!"丧尽良心害世人,占来琐骨欺菩萨。(见易顺鼎咏鲜灵芝诗。)

敬轩先生!你看这等著作怎么样?你是扶持名教的,却摇身一变,替这两个淫棍辩护起来,究竟是什么道理呢?

林琴南"而方姚卒不之踣"一句的不通,已由胡适之先生论证得很明白;先生定果然要替林先生翻案,应当引出古人成句来证明。若无法证明,只把"不成音节""文气近懈"的话头来敷衍,是先生意中,以为文句尽可不通,音节文气,却不得不讲;请问天下有这道理没有?胡先生"历引古人之文",正是为一般顽固党说法,以为非用以子之矛,攻子之盾的办法，不能折服一般老朽之心；若对懂文法的人说话，本不必“自贬身价”，“乞灵孔经”。不料先生连这点儿用意都不明白，胡先生唯有自叹做不成能使顽石点头的生公，竟做了个对牛弹琴的笨伯了！

《马氏文通》一书，究竟有无价值，天下自有公论，不必多讲；唯先生引了“文成法立”，“文无定法”两句话，证明文法之不必讲求，实在是大错大错！因为我们所说的文法，是在通与不通上着想的“句法”；古人所说的文法，是在文辞结构上着想的“章法”。章法之不应死守前人窠臼，半农于《我之文学改良观》一文中，己［已］说得很明白。这章法与句法，面目之不同，有如先生之于记者；先生竟并作一谈，未免昏瞆！

第四段（原文“林先生为当代文豪……恐亦非西洋所有也”）

林先生所译的小说，若置之“闲书”之列，亦可不必攻击，因为他的《哈氏丛书！》之类，比到《眉语》《莺花杂志》等，总还差胜一筹，我们何必苦苦的凿他背皮。若要用文学的眼光去评论他，那就要说句老实话：便是林先生的著作，由“无虑百种”进而为“无虑千种”，还是算不了什么。何以呢？因为他所译的书：——第一是原稿选择得不精，往往把外国极没有价值的著作也译了出来，真正的好著作，却是极少数，先生所说的“弃周鼎而宝康瓠”，正是林先生译书的绝妙评语。第二是谬误太多，把译本和原本对照，删的删，改的改，精神全失，面目皆非；这大约是和林先生对译的几位朋友，外国文不甚高明，把译不出的地方，或一时懒得查字典，便含糊了过去，林先生遇到文笔蹇涩，不能达出原文精奥之处，也信笔删改，闹得笑话百出。以上两层，因为先生不懂西文，即使把原本译本，写了出来对照比较，恐怕先生还是不懂，只得一笔表过不提。第三层是林先生之所以能成其为“当代文豪”，先生之所以崇拜林先生，都因为他“能以唐代小说之神韵，移译外洋小说”，不知这件事，实在是林先生最大的病根；林先生译书虽多，记者等始终只承认他为“闲书”，而不承认他为有文学意味者，也便是为了这件事。当知译书与著书不同，著书以本身为主体，译书应以原本为主体；所以译书的文笔，只能把本国文字去凑就外国文，决不能把外国文字的意义神韵硬改了来凑就本国文。即如后秦鸠摩罗什大师译《金刚经》，唐玄奘大师译《心经》，这两人，本身就生在古代，若要在译文中用晋唐文笔，正是日常吐属，全不费力，岂不比林先生仿造千年以前的古董，容易得许多；然而他们只是实事求是，用极曲折极缜密的笔墨，把原文精义达出，既没有自巳[己]增损原义一字，也始终没有把冬烘先生的臭调子放进去；所以直到现在，凡是读这两部经的，心目中总觉这种文章是西域来的文章，决不是“先生不知何许人也”一类的晋文，也决不是“龙嘘气成云”一类的唐文。此种输入外国文学使中国文学界中别辟一个新境界的能力，岂一般没世穷年不免为陋儒的人所能梦见！然而鸠摩罗什大师，还虚心得很，说译书像“嚼饭哺人”，转了一转手，便要失去真义；所以他译了一世的经，没有自称为“文豪”，也没有自称为“译经大家”，更没有在他所译的三百多卷经论上面加上一个什么“鸠译丛经”的总名目！

《吟边燕语》是将莎士比亚所编戏曲中的故事，用散文写出，有人译为《莎氏乐府本事》，是很妥当的；林氏的译名，不但并无好处，而且叫人看了不能知道内容是什么东西，而先生竟称之曰“所定书名……斟酌尽善尽美”。先生如此拥戴林先生，北京的一班捧角家，洵视先生有愧色矣！《香钩情眼》，原书未为记者所见，不知道原名是什么；然就情理上推测起来，这“香钩情眼”本来是刁刘氏的伎俩，外国小说虽然也有淫荡的，恐怕还未必把这等肉麻字样来做书名；若果如此，刁刘氏在天之灵将轻展秋波，微微笑曰，“吾道其西！”况且外国女人并不缠脚，“钩”于何有；而“钩”之香与不香，尤非林先生所能知道，难道林先生之于书中人，竟实行了沈佩贞大闹醒春居时候的故事么？又先生“有句皆香”四字，似有语病，因为上面说的是书名，并没有“句”；先生要做文章，还要请在此等处注意一点。

先生所说“陀思之小说”，不知是否指敝志所登“陀思妥夫斯奇之小说”而言？如其然也，先生又闹了笑话了。因为陀思妥夫斯奇，是此人的姓，在俄文只有一个字，并不是他尊姓是陀，雅篆是思；也不是复姓陀思，大名妥夫，表字斯奇，照译名的习惯，应该把这陀思妥夫斯奇的姓完全写出，或简作“陀氏”，也还勉强可以；像先生这种横截法，便是林琴南先生，也未必赞成。记得有一部小说里，说有位抚台，因为要办古巴国的交涉，命某幕友翻查约章。可笑这位老夫子，脑筋简单，记不清古巴二字，却照英吉利简称曰英，法兰西简称曰法的办法，单记了一个古字，翻遍了衙门里所有的通商书，约章书，竟翻不出一个古国来。先生与这位老夫子，可称无独有偶！然而这是无关弘旨的，不过因为记者写到此处，手已写酸，乐得“吹毛求疵”，与先生开开玩笑。然在先生，却也未始无益，这一回得了这一点知识，将来便不至于再闹第二次笑话了。（又日本之梅谦次郎，是姓梅，名谦次郎。令业师“梅谦博士”，想或另是一人，否则此四字之称谓，亦似稍欠斟酌。）先生这一段话，可分作两层解释：如先生以为陀氏的原文不好，则陀氏为近代之世界的文豪，以全世界所公认的文豪，而犹不免为先生所诟病，记者对于先生，尚有何话可说？如先生以为周作人先生的译笔不好，则周先生既未自称其译笔为“必好”，本志同人，亦断断不敢如先生之捧林先生，把他说得如何如何好法；然使先生以不作林先生“渊懿之古文”为周先生病，则记者等无论如何不敢领教。周先生的文章，大约先生只看过这一篇。如先生的国文程度——此“程度”二字，是指先生所说的“渊懿”“雅健”说，并非新文学中之所谓程度——只能以林先生的文章为文学止境，不能再看林先生以上的文章，那就不用多说；万一先生在旧文学上所用的功力较深，竟能看得比林先生更高古的著作，那就要请先生费些工夫，把周先生十年前抱复古主义时代所译的《域外小说集》看看。看了之后，亦许先生脑筋之中，竟能放出一线灵光，自言自语道：“哦！原来如此。这位周先生，古文工夫本来是很深的；现在改做那一路新派文章，究竟为着什么呢？难道是无意识的么？”

承先生不弃，拟将胡适之先生《朋友》一诗，代为删改；果然改得好，胡先生亦许向你拜门。无如“双蝶”“凌霄”，恐怕有些接不上；便算接得上了，把那首神气极活泼的原诗，改成了“双蝶凌霄，底事……”的“乌龟大翻身”模样，也未必就是“青出于蓝”罢！又胡先生之《他》，以“他”字上一字押韵，沈尹默先生之《月夜》，以“着”字上一字押韵，先生误以为以

"他""着"押韵，不知是粗心浮气，没有看出来呢？还是从前没有见识过这种诗体呢？"二者必居其一"，还请先生自己回答。至于半农的《相隔一层纸》，以"老爷"二字入诗，先生骂为"异想天开，取旧文学中绝无者而强以凑入"，不知中国古代韵文，如《三百》篇，如《离骚》，如汉魏古诗，如宋元词曲，所用方言白话，触目皆是，先生既然研究旧文学，难道平时读书，竟没有留意及此么？且就"老爷"二字本身而论，《元史》上有"我董老爷也"句，宋徐梦莘所做《三朝北盟会编》有"鱼磨山寨军乱，杀其统领官马老爷"句，这两部书中能把"老爷"二字用入，半农岂有不能用入诗中之理。半农要说句俏皮话：先生说半农是"前无古人"；半农要说先生是"前不见古人"；所谓"不见古人"者，未见古人之书也！

第五段(原文"贵报之文，什九皆嵌入西洋字句……亦觉内疚神明否耶？")

文字是一种表示思想情感的符号，是世界的公器，并没有国籍，也决不能彼此互分界限——这话太高了，恐怕先生更不明白——所以作文的时候，但求行文之便与不便，适当之与不适当，不能限定只用那一种文字；如文章的本体是汉文，讲到法国的东西，有非引用法文不能解说明白的，就尽可以把法文嵌进去；其余英文俄文日文之类，亦是如此。

在这一节里，可要用严厉面目对待你了！你也配说"研究小学"，真是颜之厚矣，不怕记者等笑歪嘴巴么？中国文字，在制作上自有可以研究之处；然"人"字篆文作"八"，是个象形字，《说文》里说是"象臂胫之形"，极为明白；先生把它改作会意字，又扭扭捏捏说出许多可笑的理由，把这一个"人"，说成了个两性兼具的"雌雄人"；这种以楷书解说形体的方法，真可谓五千年来文字学中的大发明了。"暑"字篆文作"[illegible]"，是个形声字，《说文》里说"从日，者声"——凡从"者"声的字，古音都在"模"韵，就是罗马字母中"u"的一个母音：如"渚""楮""煑""豬"四字，是从"水""木""火""豕"四个偏旁上取的形与义，从"者"字上取的声，即"者"字本身，古音也是读作"tu"字的音，因为"者"字的篆文作"[illegible]"，从"[illegible]"，"[illegible]"声，"[illegible]"同"自"，"[illegible]"即古"旅"字。所以先生硬把"暑"字的形声字改作会意字，在楷书上虽然可以胡说八道，若依照篆文，把一字分为“日”“旅”“自”三字，先生便再去拜了一万个拆字先生做老师，还是不行不行又不行。

文字这样东西，以适于实用为唯一要义，并不是专讲美观的陈设品。我们中国的文字，语尾不能变化，调转又不灵便，要把这种极简单的文字应付今后的科学世界之种种实用，已觉左支右绌，万分为难；推求其故，总是单音字的制作不好。先生既不知今后的世界是怎么样一个世界，那里再配把今后世界中应用何种文字这一个问题来同你讨论。

至于赋，颂，箴，铭，楹联，挽联之类，先生视为“中国国粹之美者”，记者等却看得很轻，因为这些东西，都只在字面上用工夫，骨子里半点好处没有，正所谓雕虫小技。又西文中并无楹联，先生以为“未能逮我”，想来已经研究过，比较过，这种全世界博物院里搜罗不到的奇物，还请先生不吝赐教，录示一二，使记者等可以广广眼界，长些见识！

先生摇头叹气曰：“嗟夫！论文学而以小说为正宗……”是先生对于小说，已抱了一网打尽的观念，一般反对小说的狗头道学家，固应感激先生矣；特未识先生对于大捧特捧的林先生，扪心自问，亦觉内疚神明否耶？

第六段(原文“今请正告诸子……恐是夫子是[自]道耳!”)

敝志反对《桐城》谬种《选学》妖孽，已将这两派的弊病逐次披露；先生还要无理取闹，刺刺不休，似乎不必仔细申辨。今且把这两种人所闹的笑话，举几条给先生听听。《文选》上有这样四句：“胡广累世农夫，伯始致位聊相；黄宪牛医之子，叔度名动京师。”这真是不通已极。又《颜氏家训》中说：“……陈思王《武帝诔》，‘遂深永蛰之思’，潘岳《悼亡赋》，‘乃怆手泽之遗’，是方父于虫，匹妇于考也。”又说：“诗云，‘孔怀兄弟’，孔，甚也；怀，思也；言甚可思也。陆机《与长沙顾母》书，述从祖弟士璜死，乃言‘痛心拔脑，有如孔怀’，心既痛矣，即为甚思，何故言‘有如’也？观其此意，当谓亲兄弟为‘孔怀’，《诗》云，‘父母孔迩’，而呼二亲为‘孔迩’，于义通乎？”此等处，均是滥用典故，滥打调子的好结果。到了后世，笑话愈闹愈多：如《谈苑》上说："省试……《贵老为其近于亲赋》云：'亲兹黄耉之状，类我严君之容'试官大噱。"又《贵耳集》上说："余千有王德者，僭窃九十日为王；有一士人被执，作诏曰："两条胫脡，马赶不前：一部髭髯，蛇钻不入。身坐银铰之椅，手执铜锤之棵。翡翠帘前，好似汉高之祖，鸳鸯殿上，有如秦始之皇。"又相传有两句骈文，不知是何人手笔："我生有也晚之悲，当局有者迷之叹。"又当代名士张柏桢——此公即是自以为与康南海徐东海并称"三海不出，如苍生何！"的张沧海先生——他文集里有一篇送给一位朋友的祖父母的《重圆花烛序》，其中有一联为："马齿长而童心犹在，徐娘老而风韵依然！"敬轩先生，你既爱骈文，请速即打起调子，吊高喉咙，把这几段妙文拜读拜读罢；如有不明白之处，尽可到《佩文韵府》上去查查。至于王渔洋的《秋柳》诗，毛病实不止胡先生所举的一端。因为就全体而论，正如约翰生所说"只有些饰美力与敷陈力"，此外并没有什么好处。

散体之文，如先生刻意求古，竟要摹拟《周诰殷盘》，也还值得一辨：今先生所崇拜的至于桐城而止，所主张的至于"多作波澜，不用平笔"二语而止，记者又何必费了气力与你驳，请你看一看章实斋《文史通义》中"古文十弊"一篇里的话罢：

> ……夫古人之书，今不尽传，其文见于史传，评选之家多从史传采录。而史传之例，往往删节原文，以就隐括，故于文体所具，不尽全也。评选之家不察其故，误为原文如是，又从而为之辞焉；于引端不具，而截中径起者，诩为发轫之离奇；于刊削余文，而遽入正传者，诧为篇中之崭峭。于是好奇而寡识者，转相叹赏，刻意追摹，殆如左氏所云，"非子之求，而蒲之觅"矣！有明中叶以来，一种不情不理，自命为古文者，起不知所自来，收不知所自往：专以此等出人思议，夸为奇特，于是坦荡之途生荆棘矣……

先生！这段议论，你如果不肯领教，我便介绍一部妙书给你看看，那是《别下斋丛书》中的一种，书名我巳[已]忘去了，中间有一封信，开场是：

某白：复何言哉！当今之世，知文者莫如足下；能文者莫如我。复何言哉！……

这等妙文，想来是最合先生胃口的，先生快去朝夕讽诵罢！

第七段（原文“某意今之真能倡新文学者……望平心思之。”）

译名一事，正是现在一般学者再三讨论而不能解决的难问题。记者等对于此事，将来另有论文发表，现在暂时不与先生为理论上之研究，单就先生所举的例，略略说一说。

西洋的Logic，与中国的“名学”，印度的“因明学”，这三种学问，性质虽然相似，而范围的大小，与其精神特点，各有不同之处。所以印度人既不能把Logic撰为已有，说是他们原有的“因明学”，中国人也决不能把它硬当作“名学”。严先生译“名学”二字，已犯了“削趾适屦”的毛病；先生又把“名教，名分，名节”一箍脑儿拉了进去，岂非西洋所有一种纯粹学问，一到中国，便变了本《万宝全书》，变了个大垃圾桶么？要之，古学是古学，今学是今学，我们把他分别研究，各不相及，是可以的；分别研究之后，互相参证，也是可以的；若并不仔细研究，只看了些皮毛，便附会拉拢，那便叫做“混帐！”

严先生译“中性”为“罔两”，是以“罔”字作“无”字解，“两”字指“阴阳两性”，意义甚显；先生说他“假异兽之名，以明无二之义”，是一切“中性的名词，”都变做了畜生了！先生如此附会，严先生知道了，定要从鸦片铺上一跃而起，大骂“该死！”（且“罔两”有三义；第一义是《庄子》上的“罔两问景”，言“影外微阴”也；第二义是《楚辞》上的“神罔两而无主”，言“神无依据”也；第三义是《鲁语》上的“木石之怪，曰夔，罔两”，与“魍魉”同。若先生当真要附会，似乎第二义最近一点，不知先生以为如何？）

“Utopia”译为“乌托邦”，完全是译音；若照先生所说，作为“乌有寄托”解，是变作“无寄托”了。以“逻辑”译“Logic”也完全是取的音，因为“罗”字决不能赅括演绎法，“辑”字也决不能赅括归纳法；而且既要译义，决不能把这两个连接不上的字放在一起。又“Bank”译为“板克”，也是取音；先生以“大板谓之业”来解释这“板”字，是无论那一种商店都可称“板克”，不必专指“银行”；若有一位棺材店的老板，说“小号的圆心血‘板’，也可以在‘营业上操胜算’，小号要改称‘板克’”，先生也赞成么？又严先生的“板克”，似乎是写作“版克”的，先生想必分外满意，因“版”是“手版”，用“手版”在“营业上操胜算”，不又是先生心中最喜欢的么？

先生对于此等问题，似乎可以“免开尊口”，庶不致“贻讥通人”；现在说了“此等笑话”，“自暴其俭学”，未免太不上算！

第八段（原文“鄙人非反对新文学者……”）

先生说“能笃于旧学者，始能兼采新知”；记者则以为处于现在的时代，非富于新知，具有远大眼光者，断断没有研究旧学的资格。否则弄得好些，也不过造就出几个“抱残守缺”的学究来，犹如乡下老妈子，死抱了一件大红布的嫁时棉袄，说是世间最美的衣服，却没有见过绫罗锦绣的面；请问这等陋物，有何用处（然而已比先生高明了）？弄得不好，便造就出许多“胡说乱道”，“七支八搭”的“混蛋”！把种种学问，闹得非驴非马，全无进境（先生即此等人之标本也）。此等人，钱玄同先生平时称他为“古今中外党”，半农称他为“学愿”，将来尚拟专作一文，大大的抨击一下，现在且不多说。

原信“自海禁大开”以下一段，文调甚好，若用在乡试场中，大可中得“副榜”！记者对于此段，唯有于浩叹之后，付之一笑！因为现在正有些人，与先生大表同情，以为外国人在科学上所得到的种种发明，种种结果，无论有怎样的真凭实据，都是靠不住的；所以外国人说人吃了有毒霉菌要害病，他们偏说蛆子虾米还吃不死人，何况微菌，外国人说鼠疫要严密防御，医治极难，他们偏说这不打紧，用黄泥泡汤，一吃就好！甚至为了学习打拳，竟有那种荒谬学堂，设了托塔李天王的神位，命学生拜跪；为了讲求卫生，竟有那种谬人，打破了运动强身的精理，把道家“采补”书中所用的“丹田”“泥丸宫”种种屁话，著书行世，到处演说。照此看来，恐怕再过几年，定有聘请拳匪中“大师兄”“二师兄”做体育教习的学堂，定有主张定叶德辉所刊《双梅景暗丛书》为卫生教科书的时髦教育家！哈哈！中国人在《阎王簿》上，早就注定了千磨万劫的野蛮命；外国的科学家，还居然同他以人类之礼相见，还居然遵守着“科学是世界公器”那句话，时时刻刻把新知识和研究的心得交付给他；这正如康有为所说“享爰居以钟鼓，被猿猱以冠裳”了！

来信已逐句答毕；还有几句骂人话，如“见披发于伊川，知百年之将戎”等，均不必置辨。但有一语，忠告先生：先生既不喜新，似乎在旧学上，功夫还缺乏一点；倘能用上十年功，到《新青年》出到第二十四卷的时候，再写信来与记者谈谈，记者一定“刮目相看”！否则记者等就要把“不学无术，顽固胡闹”八个字送给先生“生为考语，死作墓铭”！（这两句，是南社里的出品，因为先生喜欢对句，所以特地借来奉敬。）又先生填了“戊午夏历新正二日”的日期，似乎不如竟写“宣统十年”还爽快些！末了那个“龢”字，孔融曹丕韩愈柳宗元等人的书札里，似乎未曾用过，不知当作何解；先生“居恒研究小学”，知“古人造字之妙”，还请有以语我来！余不自。

记者（半农）

1918 年 2 月 19 日

附录一

独秀先生：读《新青年》，见奇怪之言论，每欲通信辩驳，而苦于词不达意，今见王敬轩先生所论，不禁浮一大白。王先生之崇论宏议，鄙人极为佩服；贵志记者对于王君议论，肆口侮骂，自由讨论学理，固应如是乎！此启，不备。

（崇拜王敬轩先生者）

本志自发刊以来，对于反对之言论，非不欢迎，而答词之敬慢，略分三等：立论精到，足以正社论之失者，记者理应虚心受教。其次则是非未定者，苟反对者能言之成理，记者虽未敢苟同，亦必尊重讨论学理之自由，虚心请益。其不屑与辩者，则为世界学者业已公同辩明之常识，妄人尚复闭眼胡说，则唯有痛骂之一法。讨论学理之自由，乃神圣自由也；倘对于毫无学理，毫无常识之妄言，而滥用此神圣自由，致是非不明，真理隐晦，是曰"学愿"；"学愿"者，真理之贼也。

（独秀）

附录二

《新青年》诸君鉴：大志以灌输青年知识为前提，无任钦佩。列"通信"一门，以为辩难学术，发舒意见之用，更属难得。尚有一事，请为诸君言之：通信既以辩论为宗，则非辩论之言，自当一切吐弃；乃诸君好议论人长短，妄是非正法，胡言乱语，时见于字里行间，其去宗旨远矣。诸君此种行为，已屡屡矣；而以四卷三号半农君复王敬轩君之言，则尤为狂妄。夫王君所言，发舒意见而已，本为贵志特许，若以其言为谬，记者以学理证明之可也，而大昌厥词，肆意而骂之，何哉？考其事虽出王君之反动，亦足见记者度量之隘矣。窃以为骂与诸君辩驳之人且不可，而况不与诸君辩驳者乎。若曾国藩则沉埋地下，不知几年矣，于诸君何忤，而亦以"顽固"加之？诸君之自视何尊？视人何卑？无乃肆无忌惮乎？是则诸君直狂徒耳；而以"新青年"自居，颜之厚矣！愿诸君此后稍杀其锋，能不河汉吾言，则幸甚。

戴主一上

本志易卜生号之通信栏中，有独秀君答某君之语，请足下看看，便可知道半农君答王敬轩君如此措词的缘故。来书中如"胡言乱语"，"狂妄”，“肆无忌惮”，“狂徒”，“颜之厚矣”诸语，是否不算骂人？幸有以教我！本志抨击古人之处甚多，足下皆无异辞。独至说了曾国藩为“顽固”，乃深为足下所不许，曾国藩果不顽固耶？本志同人自问，尚不至尊巳[己]而卑人。然同人虽极无似，却也不至于以“卑”自居。若对于什么“为本朝平发逆之中兴名将曾文正公”便欲自卑而尊之，则本志同人尚有脑筋，尚有良心，尚不敢这样的下作无耻！

（玄同）

她字问题

有一位朋友，看见上海新出的《新人》杂志里登了一篇寒冰君的《这是刘半农的错》，就买了一本寄给我，问我的意见怎么样。不幸我等了好多天，不见寄来，同时《新青年》也有两期不曾收到，大约是为了"新"字的缘故，被什么人检查去了。

幸亏我定了一份《时事新报》，不多时，我就在《学灯》里看见一篇孙祖基君的《她字的研究》，和寒冰君的一篇《驳〈她字的研究〉》。于是我虽然没有能看见寒冰君的第一篇文章，他立论的大意，却已十得八九了。

原来我主张造一个"她"字，我自己并没有发表过意见，只是周作人先生在他的文章里提过一提；又因为我自己对于这个字的读音上，还有些怀疑，所以用的时候也很少(好像是至今还没有用过，可记不清楚了)。可是寒冰君不要说："好！给我一骂，他就想抵赖了！"我决不如此怯弱，我至今还是这样的主张；或者因为寒冰君的一驳，反使我主张更坚。不过经过的事实是如此，我应当在此处声明。

这是个很小的问题，我们不必连篇累牍的大做，只须认定了两个要点立论：一，中国文字中，要不要有一个第三位阴性代词？二，如其要的，我们能不能就用“她”字。

先讨论第一点。

在已往的中国文字中，我可以说，这“她”字无存在之必要；因为前人做文章，因为没有这个字，都在前后文用关照的功夫，使这一个字的意义不至于误会，我们自然不必把古人已做的文章，代为一一改过。在今后的文字中，我就不敢说这“她”字绝对无用，至少至少，总能在翻译的文字中占到一个地位。姑举一个例：

她说：“他来了，诚然很好；不过我们总得要等她。”

这种语句，在西文中几乎随处皆是，在中国口语中若是留心去听，也不是绝对听不到。若依寒冰君的办法，只用一个“他”字，

他说：“他来了，诚然很好，不过我们总得要等他。”

这究竟可以不可以，我应当尊重寒冰君的判断力。若依胡适之先生的办法，用“那个女人”代替“她”（见《每周评论》，号数已记不清楚了），则为：

那个女人说：“他来了，诚然很好；不过我们总得要等那个女人。”

意思是对的，不过语气的轻重，文句的巧拙，就有些区别了。

寒冰君说，“我”“汝”等字，为什么也不分起阴阳来。这是很好的反诘，我愿读者不要误认为取笑。不过代词和前词距离的远近，也应当研究。第一二两位的代词，是代表语者与对语者，其距离一定十分逼近；第三位代表被语者，却可离得很远。还有一层，语者与对语者，是不变动，不加多的；被语者却可从此人易为彼人，从一人增至二人以上。寒冰君若肯在这很简易的事实上平心静气想一想，就可以知道“她”字的需要不需要。

需要与盲从的差异，正和骆驼与针孔一样。法文中把无生物也分了阴阳，英文中把国名，船名，和许多的抽象名，都当作阴性，阿拉伯文中把第二位代词，也分作阴阳两性；这都是从语言的历史上遗传下来的，我们若要盲从，为什么不主张采用呢？（我现在还觉得第三位代词，除“她”字外，应当再取一个“它”字，以代无生物；但这是题外的话，现在姑且

不说。）

此上所说，都是把“她”字假定为第三位的阴性代词；现在要讨论第二点，就是说，这“她”字本身有无可以采用的价值。关于这一点，可以分作三层说明：

（一）若是说，这个字，是从前没有的，我们不能凭空造得。我说，假使后来的人不能造前人未造的字，为什么无论那一国的字书，都是随着年代增加分量，并不要永远不动呢？

（二）若是说，这个字，从前就有的，意思可不是这样讲，我们不能妄改古义。我说，我们所做的文章里，凡是虚字（连代词也是如此），几乎十个里有九个不是古义。

（三）若是说，这个字自有本音，我们不能改读作“他”音。我说，“她”字应否竟读为“他”，下文另有讨论；若说古音不能改，我们为什么不读“疋”字为“胥”，而读为“雅”，为“匹”？

综合这三层，我们可以说，我们因为事实上的需要，又因为这一个符号，形式和“他”字极像，容易辨认，而又有显然的分别，不至于误认，所以尽可以用得。要是这个符号是从前没有的，就算我们造的；要是从前有的，现在却不甚习用，变做废字了，就算我们借的。

最困难的，就是这个符号应当读作什么音？周作人先生不用“她”而用“伊”，也是因为“她”与“他”，只能在眼中显出分别，不能在耳中显出分别，正和寒冰君的见解一样。我想，“伊”与“他”声音是分别得清楚了，却还有几处不如“她”：一，口语中用“伊”字当第三位代词的，地域很小，难求普通，二，“伊”字的形式，表显女性，没有“她”字明白；三，“伊”字偏近文言，用于白话中，不甚调匀。我想，最好是就用“她”字，却在声音上略略改变一点。

“他”字在普通语区域中，本有两读：一为 t'a 用于口语；一为 t'uo，用于读书。我们不妨定“他”为 t'a，定“她”为 t'uo；改变语音，诚然是件难事，但我觉得就语言中原有之音调而略加规定，还并不很难。我希望周先生和孙君，同来在这一点上研究研究，若是寒冰君也赞成“她”字可以存在，我也希望他来共同研究。

孙君的文章末了一段说，“她”字本身，将来要不要摇动，还是个问题，目下不妨看作X。这话很对，学术中的事物，不要说坏的，便是好的，有了更好，也就要自归失败，那么，何苦霸占！

寒冰君和孙君，和我都不相识。他们一个赞成我，一个反对我，纯粹是为了学术，我很感谢；不过为了讨论一个字，两下动了些感情，叫我心上很不安，我要借此表示我的歉意。

寒冰君说，“这是刘半农的错”！又说，“刘半农不错是谁错？”我要向寒冰君说：我很肯认错；我见了正确的理解，感觉到我自己的见解错了，我立刻全部认错；若是用威权来逼我认错，我也可以对于用威权者单独认错。

1920年6月6日

国语问题中一个大争点

京语？

国音京调？

在讨论这个争点之前，应当先把一个谬误的观念校正。这观念就是把统一国语的"统一"，看做了统一天下的"统一"。所谓统一天下，就是削平群雄，定于一尊。把这个观念移到统一国语上来，就是消灭一切方言，独存一种国语。

这是件绝对做不到的事。语言或方言，各有它自然的生命。它到它生命完了时，它便死；它不死时，就没有什么力能够残杀它。英国已经灭了印度了，英语虽然推广到了印度的一般民众，而种种的印度语，还依然存在。瑞士的联邦政府早已成立了，而原有德意法三种语言，还守着固有的地域，没有能取此代彼，以求"统一"。法语的势力，不但能及于法国各属地和比利时瑞士等国，而且能在国际上占优越的地位，然而在法国本境，北部还有四种近于法语的方言，南部还有四种不甚近于法语的方言，并没有消灭。从这些事实上看来，可见我们并不能使无数种的方言，归合而成一种的国语；我们所能做的，我们所要做的，只是在无数种方言之上，造出一种超乎方言的国语来。我的意思，必须把统一国语四个字这样解释了，然后一切讨论才能有个依据。

既然国语是超乎方言的，就可见两个方言相同的人，本来用不着国语；所要用的，只是方言相异的人。正如我们在伦敦时，看见了广东人不能说话，就只能借用英语；英语就可以算是我们的临时国语了。我们在不得已时，连外国语也要借来做临时国语，可见我们理性中，本有牺牲的精神存在着。那么，现在要制造国语，要我们稍稍牺牲一点，而于我们原有的方言，并不加以损害，我们又何苦不肯呢？所以现在讨论国语中一切问题，只须从事实上着想；从前因为误会了“统一”两字，发生许多无谓的意气争执，已过了也就算了。

我的理想中的国语，并不是件何等神秘的东西，只是个普及的，进步的蓝青官话。所谓普及，是说从前说官话的，只是少数人，现在却要把这官话教育，普及于一般人。所谓进步，是说从前的官话，并没有固定的目标，现在却要造出一个目标来。譬如我们江阴的方言，同官话相差的很远。从前江阴人要学官话时，并没有官话的本子，只是靠着经验；他今天听见有人称“此”为“这”，称“彼”为“那”，他就说起“这”与“那”来，后来觉得没有什么阻碍，他就算成功了；他明天又听见有人称“何物”为“什呢羔子”，他也照样的说，久后才觉得这是一句江北话，不甚通行，必须改过，他就算失败了。他这样用做百衲衣的办法，一些些凑集，既然很苦，成绩也当然不好。但他有一种不可忽视的精神，就是他能暗中摸索，去寻求中国语言的“核心”。我们现在要讲国语教育，只须利用这种向心力，把一个具体的核心给大家看了，引着大家向它走。我并不敢有过奢的愿望，以为全中国人的语言，应当一致和这核心完全密合；我只想把大家引到了离这核心最近的一步——就是我们见了广东人，可以无须说英国话的一步。

这样，我们可以说到核心的本身了。我简单的说，我实在不赞成京语。

我并不是不愿意使北京以外的多数人，曲从北京的少数人，因为这种的曲从，结果还是自己便利。我也并不是说用了京语，我们的牺牲就太多了；我们本有牺牲的精神，即使我们说“鹿”，北京人要说“马”，我们又何尝不可以说。我所顾虑的，只是事实。

第一，在京语范围以内，自“内庭”以至天桥，言语有种种等级的不同。我们该取那一种呢？于是有人说：以北京中等社会所用的语言为标准。这显然是直抄了英国但尼尔琼司的老文章，琼司主张英语的音，应当以伦敦中等社会的音为标准（注意：琼司所说的只是音，我们说到国语，还有许多音以外的事项），已受了许多英国学者的非难。但平心而论，他的见解还不错，因为他所说的中等社会，并不是空空洞洞的：他指出了一个宿食学校，当做中等社会的代表。这宿食学校，就是吴稚晖先生所说的饭桶学校，实在是个很可笑的东西，但在伦敦社会中所占的势力，可着实不小。这是因为英国的公立学校，所造就的只是个有青黄不接的学生。凡在公立学校毕业的学生，大都只有进商店或工厂做学徒的资格，要进大学，或要在工商界中占到较高的位置，就非另行经过一个预备学校不可。而这种预备学校，公立的可很少。又这个期间的学生，年纪平均在十四五岁以至十八九岁之间，在父兄方面，可算得最难管理的一期；而要叫职业很忙的父兄，分出许多精神来管理这班麻烦的大孩子，也是苦事。因此宿食学校，就应运而生，特别发达；做父兄的，也乐得费一些钱，把他孩子的学业，宿食，管理，一起交给别人代办。从这上面看，可见宿食学校的语言，并不只是宿食学校校门以内的语言，其势力可及于大学学生和工商界的高等执事。而各宿食学校的语言，又何以能统一呢？这是因为宿食学校的先生，虽然可笑，总也是大学出身，师母，亦许当初也是宿食学校的学生。这样经了许久时候的盘滚下来，其语言当然可以成为一种风气了。

现在我们可以想一想：在所谓北京的“中等社会”里，能有这样的现象没有？如其没有，又何必直抄别人的老文章。而况琼司的话，还没有得到一般学者的承认；在推行上能否有效，现在也还全无把握。

第二，既然说是京语，而且说是北京中等社会的语言，则一般主张者心里所希望的，当然不同我所希望的一样简单：我只希望方言不同的人，能于彼此达意，他们必然于希望达意之外，更希望大家所说的，是彼此互相密合的真正京语，不是蓝青京语。若然说，希望的是真正京语，如其不能，便蓝青些也不妨，这就未免太滑稽了。若然真要贯彻主张，要办到大家说真正京语，就有两个最简单的问题：一是怎样的教，一是怎样的学。就教的方面说，以非北京人而教京语，当然不行；若要请北京人教，恐怕就把北京的中等社会搬空了，也不见得能够分布得来（以每县需用教师十人计，全国共需万人以上。北京人口号称四十万，除去外省人，上等社会，下等社会，小孩而外，所余的中等社会，已属无几；要再在这里面找出能于教语言的人来，不知道能不能满一万）；而且“一传众咻”，结果也未必能好。至于学的方面，困难更多。我敢大胆的说：一个人所能说得最圆熟的，只有一种语言；其第二种语言无论是外国语或是另一种方言，都只能说到达意的一步。以我自己而论，我在未到北京之前，就学过一些京语，后来在北京住了近乎三年，时间不能算短了，但是我曾经问过我一个学生（他是北京人）：我还是用自然的态度，说我的（蓝青）官话好？还是竭力模仿说京话好？他说：先生的官话，我们句句听得懂，可以不必说京话。我问：说了呢？他说：有点儿“寒伧”！我当然是下愚不足为例；但我在北京所常常往来的几十个外省朋友，也几乎个个和我一样。那么，下愚如此之多，也就很可以注意了。而且也颇有若干人，是竭力主张京语，竭力为京语辩护的，而他自己所说的京语，也就“寒伧”得可以。

在这种情形之下，我们可以知道硬学京语，只是多用了许多无谓的工夫，结果还是只能到达意的程度，一方面还要得到北京人“寒伧”的评语，既不经济，又不讨好。

第三，我要请大家不要看轻了中国国语已有的好根基，这根基便是我们现在笔下所写的白话文，也便是一般主张说京语者为京语辩护时笔下所写的白话文。我并不说目下的白话文，已经全国一致；但离开一致，也就并不甚远。例如我是江苏人，江苏语与广东语，可算相差得远了。但我所写的白话文（非江苏方言的），与广东人所写的白话文（非广东方言的)，差异处就已到了最小度。这就是说，把两篇文章放在一起，已不容易辨别出地域性来了。这个好现象，并不是偶然构成的，也并不是近数年来提倡了白话文学用急火煮成的。从远处说，这是数千年来文言统一的副产物；从近处说，至少也是宋元以来一切语体文字的向心力的总结晶。我们不能说这种向心力，已很明显，很固定的凝结成功了一个核心，但核心的轮廓，已大体完成了。若然我们要废弃了这已有的成绩，要废弃了远自数千年，近自数百年来历史所构成的国语的根基，使国人对于语言的核心的观念，一致移换到京语身上去，我们就应当把今日以前一切已写的语体文字，并今日正在书写的一切语体文字，完全烧毁，而其代用物，却是《京话日报》《群强报》的语体文字。这里语体文字的好不好，另是一个问题；我们能不能把它普及于全国，也只须看我们的毅力如何。我所顾虑的是：我们要把不普及，不自然，非历史的语体文字，去制胜那普及，自然，而且有历史的语体文字，即使能办到，我们的寿命是不是嫌太短！

在我这一段文字里，我希望人家不要误会，以为我把语言与文字，纠缠在一起。我也知道语言与文字，有许多处应当分别讨论。但若是说，我们今日以后，说的该是京语，写的该是通用的语体文！恐怕也就不能算得一句话。

最后，而且最重要，我要把言语学上最大的一个原则提醒诸君：那就是言语是变动的，不是固着的。因其是变动而不固着，所以多则数百年，少则数十年以后的京语，就决不是今日的京语。京语我不甚清楚，就我的乡谈论，我不但觉得和六七十岁以上的老者谈话，可以发现许多不同处，便是近十数年来一条沪宁路造成了，一般社会的语言，也就受了相当的影响了。这等处，普通人是不甚注意的；但在研究语言的人，就不应当忽略。即如欧洲学者所讨论的国际辅助语，从前是有多数人主张要采用活语的，现在的议论，已渐趋一致，以为活语容易变动，不如用人造语，不过该用那一种人造语，目下还是问题。国语之于中国，亦犹辅助语之于国际。譬如我们现在采用京语为国语，就算什么阻碍都没有，到了若干年之后，京语的本身变动了，我们又该怎样？若是说，别处都用今日所推行的京语，而北京的语言，却不妨任其自由变动，则结果是北京一处，独屏于统一之外。若是说，到京语变了，别处也都跟着北京变，那就是北京人所说的“老赶”，我们江阴人说的“乡下人学像，城里人变样”，这国语统一的事业，就永远没有完成的一天。若要连北京人的京语，也限制着不许变，在事实上又绝对的办不到，从这上面看，可见以京语为国语是根本的不可能。

在这一节里，我也希望人家不要误会，以为我对于国语，有一成不变，永远不须修改的奢望。我的意思，只以为制定国语，既然不是儿戏，就不得不在它的寿命上设想到最稳定的一步。正如现在通用的一本电报明码，也就简单到极点了。但如一旦要加以修改，社会上还不免起许多纠纷。国语之于电码，应用之广，组织之复杂，何止千万倍，怎可常常修改呢？

以上是我不能赞成京语的理由。不赞成京语，当然赞成国语了（我对于现在所推行的国语，也有许多意见，因其不在本文讨论范围之内，故从略）；但国音上忽然附加了“京调”两个字，可叫我模糊了。就我所知道，语言中之所谓调，不外乎两件事：一是语调，一是字调。语调虽然也带着些地域性，但因人类的心理作用是共同的，所以语言尽管相异，语调总是大致相同。例如一句疑问语，其结尾当然提高，决不会落低；一句含着重要语义的句子，其重要处当然加重，决不会减轻，所以这种的调，是人类所共有的，无“京”与“不京”之可言。至于字调，却是绝对的地域物，一个人学第二种语言，无论学得如何精，断断脱不了乡音的字调。因此言语学者断定某一种语言消亡时，其最后消亡的，便是这字调。这字调是各种语言中都有的（通常人称为 accent，其实不大对），在中国语中尤为显著而有种种不同的系统，即所谓“四声”的声。若是我们要把它京语化，在事实上一定做不到；而况全体是国语，中间参了京调，即使做到，于事实上有什么好处？

所以我的意见，以为只须能把国音说得正确了，调却可以不管。因为句调是无须管得，字调是不能管得；因其不能管得，所以与其提倡国音京调，正不妨听任其为“国音乡调”。这国音乡调虽然是个游戏名词，但于“达意”之旨，一定没有妨害。而且我敢预料，除非是不要国语，如要国语，将来的结果终于是国音乡调。

1921 年 10 月 20 日

半农这篇文章的主张，据我看来，没有一句话不是极精当的。

半农去国有两年了，这两年中国中所闹的国语京语的问题，半农大概只从新闻纸中或朋友们的通信中得知一二。它的真相。恐怕还有些隔膜。半农，你知道吗？那班主张京音的先生们，的的确确是主张“说的该是京语，写的该是通用的语体文”。他们说《国音字典》中所定的字音是绝不可用的，现在各处小学校所教的国语是全然不对的，但白话文则像胡适之所做的却很合格的，所以他们身边有一个京语顾问，而他们自己骂国语的文章却是用通用的白话文做成的。而且他们的的确确主张“到京语变了，别处也都跟着北京变”。但是他们对于《京话日报》和《群强报》，却又不认为可以作教科书用，他们主张必须要请那“北京受过中等教育以上的人们”来直接教他们以外的几万万人们，才算合式。半农，这恐怕是出于你的“意表之外”了。

至于主张“国音京调”的人，就是我的朋友黎劭西君。他这种主张，意在调和国语派和京语派。劭西对于国语上别的主张，我都绝对的赞成的，独此一点，我是和半农的见解相同，不赞成劭西之说。

一九二二，三，七 钱玄同附记

海外的中国民歌

现在我从英国 Charles G. Leland 所著的 *Pidgin-English Sing-Song* 一部书里，译出短歌五首，算是对于海外的中国民歌，做一个初次的介绍。希望经此介绍之后，能有海外的热心同志，将同样的歌词调查到了寄给本会(北大歌谣研究会)。

所谓 Pidgin-English，意译应当是“贸易英语”，因为 pidgin 是英语 business 一字的转音。但在上海，大家都叫做“洋泾浜话”。据说当初这一种话，是洋泾浜里的撑船的和外国人交际时说的，故有此名。现在洋泾浜已经填去了，说这话的，也已由撑船的变而为包探，买办，跑街，跑楼之类，所以“洋泾浜话”一个名词，只是纪念着历史上的一件事实罢了。

在发生洋泾浜话一个名词之前，在南洋方面，必定还有一个更早的名称。这名称我不知道。但记得三年前在伦敦，看见英国博物院书目中有一部书叫做《华洋买卖红毛鬼话》。亦许这“红毛鬼话”，便是比“洋泾浜话”更早的一个名称了。

这种话的构造，用字与文法两方面，都是华洋合璧，而且都有些地域性的。因为上海的洋泾浜话，上海语的分子很多；南洋的红毛鬼话，就是广东语的分子较多。又在前者之中，洋话分子，几乎全是英语,难得有一些法语;在后者之中,虽然英语也占很大的势力,却是法语,葡萄牙语,印度语,马来语等都有。但有一句话很可以说得:浜话虽然不同于鬼话,却决不是上海人与英国人直接合造的,一定是先由鬼话中传来,后来再受到了上海的地域影响,因为有许多字,如吃之为 chow-chow,助字之用 make,发语词或泛用动词之用 blong,过去词之用 lo,都很别致,却是两种话里所共有的。

这种语言,一定有许多人以为可笑,不足道。但在言语学者,却不能不认作有趣有用的材料。安见从这种可笑的东西里,不能在语言心理上,或语言流变的哲学上,或变态语言上,发现出很大的道理来呢?但现在我只是要介绍民歌,不能愈说愈远了。

Leland 这本书,名目就定得很轻薄;书面上画了个掉着大辫的中国孩子打大锣,更觉可恶。可是内容并不坏,所收歌词有二十二章,故事有十二节;《导言》和《告读者》两短文,和末了的两个字汇,也都很有用处。我最恨的是近二三年中有几个伦敦的无赖文人,专到东伦敦唐人街上去找材料,做诗做小说,做的真是只有上帝能宽恕他!像Leland,他虽然轻薄,究竟还做了些有用的事;而况他已经死了,我们可以不必计较了。

Leland 书中,注释不算太少,但总觉得不充足;所以我现在所译的,只是最短而且最容易看得懂的几首;便是如此,中间也还有些不甚了然的地方:这是应当向读者道歉的。

后文注释中,凡不能拟为何义者,用?号;姑拟为某义,而未能决定者,于所拟之字后,加(?)号;助字无关于语句之机能者,用○号。

[歌一] **小小子儿**

小小子儿,

坐屋角,

吃年糕。

年糕里,

吃出干葡萄,

"好呀！我这小子多么好！"

LITTLE JACK HORNERP(小小子儿)

小　(小孩名)

Little Jack Horner,

○　坐　里　角

Makee sit inside corner.

吃　那　圣诞　糕

Chow-chow he Clismas pie;

他　放　里面　?

He put inside t'um,

已　找到　一　干葡萄

Hab catchee one plum,

(惊喜词)　怎么　一　好小子　我

"Hai yah! what one good chilo my!"

[歌二] **老鼠**

有一只老鼠,硬要拉出一只钉来。他来说:"我看见了怎么个大尾巴!"

"可是我现在拉了出来了。这东西没有用,不好。只是块旧铁,不是好吃的东西。"

要是人费了功夫,做麻烦的笨事,那犹如是把你——呸!那竟是老鼠拉钉啊!

THE RAT(老鼠)

有一次　一　只　老鼠

One-tim one piecee tat

拉　硬　要　取出　钉

Pull hard to catchee nail,

而且　说　当　他　来

And talkee when he come:

看见　怎么个 大的 尾

"Look-see what largly tail!

但是 现在我 取 出

"But now my gettee out

这 东西 无 用 不 好

This ting no good—no how

一 块 旧 铁

One piecee olo iron

不 是 好 吃

No blongey good chow-chow,"

譬如 人 失去 时光

Suppsey man lose time

在 一个 长的 笨的 事

Bout one long follo tale.

他 把 你 在 呸

He take you in'pho!

那 全是 老鼠 和 钉

It all-same lat an' nail.

[歌三] 鸟

两个法国人在广州街上走,看见一家古玩店,是头等第一的好店。

中国人把种种道地的东西给他们看;中间有一只描金的鸟,头上是镀金的,也做着翅膀,可以飞得。

法国人看见了鸟,说法国话:"Oiseau";中国人以为法国人问的是"Whyso?"他不懂法国话,所以他用英国话告诉他们:"Why so? —makeesell."

一会儿那金漆匣子的鸟都叫了。法国人又说:"Oiseau."

中国人听见了,还以为他是不错的,所以原是说那一句话:"Why so? —makee sell."

法国人以为他学到了一个中国字了。他告诉他朋友，中国话里的鸟，叫作 Makisel.”

L’OISEAU(鸟)

有一次 两个 法国人 行走 在 广州

One-tim two Flunsee walkee in Canton,

看见 一 个 古玩 店 头等的 店 第 一

Look-see one peicee culio—shop—— first shop numpa one

中国人 他 示与 他们 种种 道地的 东西

Chinaman he show um allo pukkha ting.

鸟描金的(?) 上头 镀金的(?) 做 飞 用 翅膀

Birdee paint top-side plate—— makee fly with wing.

法国人 看见 鸟 法国话 说 鸟(法语)

Flunsee look-see birdee—Flunsee talk“Oiseau,”

中国人 他 以为 法国人 问 怎么的(英语)

Chinaman he tinkee Flunsee ask “Why so?”

他 不知道 法国 话 所以 他 ○ 告诉

He no savvy Flunsee talk,So he make tell

与 他们 用 那 英语 怎么的 ○ 卖的

To ‘um in the English—“why so? -Makee sell.”

一会儿 在上 漆器 匣子 一切的 鸟 叫

By’mby on lacker-box all-same birdee playin

法国人 看见 它 说 鸟 又

Flunsee-man look-see it,talk “Oiseau”again,

中国人 他 听见 了 以为 他 知道 不错

Chinaman he hear -lo—tink he savvy well,

所以 说 原是那 事 怎么的 ○ 卖的

So talkee all-same pidgin “Why s-o? —makee sell”

法国人　以为一定(?)他　已习(?)　字

Flunsee tinkee sartin he had larnee word,

告诉　那　朋友　那(makee sell 的音)　是　中国　当作　一　鸟

Talk he flin t'hat makisel　　　　be chinaf or　　a birb.

[歌四] 鸽子

鸽子做窠，做在庙宇顶上，高得和天一样。一只老母鸡，要知道为什么鸽子做窠做得这样高。

鸽子说："朋友，你知道，我要我的眼睛看得灵清些——有时我要找食吃，有时老鹰要来捉我。"

若然一个人是高明的，他就当常用鸽子的眼。那一个人的眼光是好的，他总是升得高高的。

THE PIGEON(鸽子)

一　　只　　鸽子　　做　　窠

One piecee pigeon makee nest

在顶上　一　神　　庙　　高　到　天

Top-side one Joss-house up to sky,

一　老　鸡　他　　要　　　知道

one olo hen he wantchee know

何　　他　那　　鸽子　住　那样　高

What for he pigeon lib so hight.

那　　鸽子　　说　　　你　　知道　　朋友

He pigeon talk,"You savvy, flin.

我的　眼　○　　　很　　好　　看见

My eye make velly good look-see

有时　　　去　　找　　吃的东西　或者是

Sometime to catchee chow-chow or

当到　　　鹰　　来　　此　　地　　　捉　　我

When hawk come t'his side catchee me."

譬如　一　人　是　高明的

Suppse one man belongey smart.

他　常常　用　鸽子眼

He allo-way catchee pigeon-eye:

什么　人 他　〇　好　看察

Who-man he makee good look-se-e.

那　人 他　常常　升　高

T'hat man he allo-way lisee hight.

[歌五] 卖玩物的人的歌

笑致弥弥的小妹妹，红桃活血的小弟弟，

要不要买我的小玩意：

小鬼头儿泥土做；

小毒蛇儿会走路，

黑蜘蛛，红眼睛；

小青龙，吓死人，

这些有趣的小玩意，

卖给中国小弟弟。

THE TOYMAN'S SONG(卖玩物的人的歌)

笑的　女孩 玫瑰的 男孩

S'miley girley, rosy boy

譬如　〇　买 我的 玩物

Sposey makee buy my toy;

小　鬼　做 用 泥

Little devilos make of clay,

可怕的　蛇　爬　开

Awful snakey clawley way,

大　黑　蜘蛛　眼睛 全 红

Glate black spider eyes all led,

龙　　适应于　吓　死

Dlagons fit to scaree dead.

这些？　种　有趣 玩物

Dis de sortey plity toy

卖　与　小　中国　男孩

Sell to little China—boy.

上方一、五两首，觉得颇可译成中国式的歌，其余就不能硬译。我现在觉得过度的直译，结果要闹成《华英进阶》里的字语功课，实在不大好。所以这次的译文，并不太直。

我觉得中国内地的歌谣中，美的分子，在情意方面或在词句方面，都还很丰富；这海外民歌中，就太缺乏了。我们想到支波西民族，他们也是漂流海外，也是造成了一种特别的语言，而对于欧洲近代文艺上，可发生了不少的影响（尤其是在美的方面），这里面的理由是很值得研究的。

我很想把其余的十七章歌完全译出（最好的几章在这里面），现在却没有这功夫，因为译起来，写的时候很少，写以前的研究，可不是一两点钟的事。

1923 年 5 月 25 日

汉语字声实验录提要

这部论文的趣旨是双重的：一方面是我用了科学方法来研究我们中国语言中的一个很重要的问题；另一方面是我将我国前人在这问题上所下过的功夫，连同他们的缺点，用最清楚的语言表写出来，希望能使研究这问题的人（外国人和中国人自己），可以免却许多纠纷。

为了这后一层，我在书中开端处，自三至二八节，写了一篇小小的四声研究史；又自五四至七四节，把"阴"，"阳"，"清"，"浊"，"上"，"下"等名词的各种歧义，以及"字书声"，"方言声"，"常声"，"变声"等的定义，都说个清楚。

关于今日以前各作者在四声问题上所下的判断或揣测，我引用了不少。古一些的已几乎全备；新近的却只能举了几个例，因为，一层是篇幅有限，二层是有价值的并不多。

我所用的实验方法，可以分作四步说：第一是记声，第二是量线，第三是计算，第四是作图。

记声并不是一件难事，只须有得一个好音鼓，和一个速率够大而且极匀的好浪线计。但最要紧的是发音正确的受试人和选择得很适当的材料。关于这两层，我在九二至九五节中说明。

量线是只量到十分之一公厘(mm.)为止;所用的器具,只是一个十倍的放大镜和一支玻璃小尺。若然用显微镜,那就是要量到百分之一公厘以上也极容易。但所得结果,却未必能更好,因为烟薰纸上的线纹,并不适宜于显微镜的观察,假使放大得过度了,浪线都变成了“肥线”,其中点极难断定;要是任意断定,结果反要增加许多错误。

计算音高的方法,目下至少有五六种。我所用的一种,就正确上说,是处于第二位。处第一位的一种方法,是将语言的音,和电流音义的音,同时平行画出,然后依据音义线纹中某一颤动的长短以推算语音线纹中处于同一时间中的一个或多个颤动的速度。若然浪线计的速率不很均匀,就非用这方法不可。我所用的一个浪线计,却用不着这样。

作图的一番工夫可以省得,若然所试验的只是三五个字或三五个音,因为在这样时,我们只是看了数目字,也就可以比较得出各音的高低起落来。所以在法国的《语音学杂志》中,在德国的 Vox 杂志中,又在 Rousselot 及 Poirot 两先生的著作中,都可以找到这一类的例。但若做了大批的实验工夫,就万不能把数目字做比较的工具。而且把数目字印入书中,也很不便当。假使我论文中不用图而用数目字,这部书的分量,至少要增加六倍。

作图的方法有两种:一种是直接的,一种是用对数的。直接法从前 Poirot 先生用过,现在 Scripture 先生也还用着。这是个比较简易的方法,有时也颇可以用得,但根本上与音理相背,并不能将各音的高度正确表出。所以我所用的是对数法。

应用对数法在工作上很烦苦。自从我将一六页的第一第二两表制成了,就简易了不少。但便是这样,还比直接法烦苦到一倍以上。

就以上所说,可见做这种实验的工夫,所需要的时间很多,而且只能慢慢的做,不能做得快。平均是每一个字或一个音,延长只在半秒钟左右的,就要用两点以至两点半钟的工夫。我全书所用的实验工夫,是整整三十个月,编写成书的时间还不算在内。单指胡适先生一段《清道夫》的文章,共二百五十五字,延长七十二秒钟,就用了十二个半礼拜的工夫。

作这种工作所需要的时间如此之多，实在是一件不能轻轻放过的事。因为这能给学人以许多痛苦，从而阻碍学术的进步。

数年来身受的痛苦，使我创制了一种新仪器，将量线，计算，作图三种工夫，交给机械去代做(看后方)。

我书中将实验方法说明之后，接着便有一段关于字声上的普通观察。在这段书里，我举了十种方言中的字声来做例，一方面用以证明决没有两种方言中的字声制能于完全符合，另一方面是借此说明字声的比较研究法。我对于"字书声"一个问题上也下了几个揣测，虽然我们现在还不能从事于这种的工作。又自八七至八九节，我说明我自己的"标声法"；这方法简易明确，不但语音学者可以用得，便是普通的言语学者也可以用得。

在一一四节里，我把我将来研究这字声问题的计划说明，因为本书并不完全，如全书开首时并结尾时所说。

关于字声与构成声音的四种分子间所有的关系，也有相当的讨论。这种讨论的用意，是在于通知从事研究字声的人，不要将问题看得太简，可也不要去做吃力不讨好的工。这句话解释是如此：一方面，我们大家都知道字声之构成，在于音高，但音长与音质，也不能不问；另一方面，关于音强一个问题，目下不妨暂且搁着，不要随随便便将物理学中 $I=A^2n^2$ 一个公式错用了。我也知道研究字声，不能将强弱一件事置之不问，但因物理学中这一个公式既不能适用，我们又还没有能发明一个正确的新公式，又何苦要多做些无谓的工作呢？

一般的实验语音学家在这件事上都很疏忽，便连 Rousselot，Scripture，Chrumski 诸先生也是如此。因此常有人向我说：你研究字声，你研究的是音高，很对；但你把音强忘记了！为答复这一类的问题起见，我既在书中详论了研究音强之不可能，更在此地重提一下。

我从开场说到现在，说的几乎完全是方法。说得多了！但是并不太多。因为一切实验科学中最重要的总是方法。方法安排定了，其余只是机械般的做法；所得结果，几乎是无可辩论的。因此我们也可以说，实验语音学一种科学的全体，只是一大堆的方法的总称罢了。

现在说书的本身。

这书分为两编。第一编论常声，第二编论变声。

常声是单发的音，而且是咬嚼得很清楚的。严格的说，语言中简直就没有常声这样东西，因为我们说话时，决然用不着这样的声。但是我们假定因为研究某一方言中的某一字声，而请一个说这方言的人来说一个例字给我们听，他所说出来的，一定是个常声。因此我们可以说：常声乃是我们理想中的声，我们将它说出时，我们以为它可以代表某一声的现象的全体，而在实际的语言中，这某一声的现象，却未必和常声一样表露得完全：有时只表露出一部分，有时因为种种关系，竟可以全不表露。这种只表露一部分或竟是全不表露的声，我们就称他为变声。

我研究了三种方言中的常声，就是北京语中的，广州语中的，江阴语中的。北京语与广州语之可以代表北部及南部语，自然没有问题。江阴语是我自己的方言。我本想找个苏州人来发音，做江浙语系的代表，但竟没有能找到，不得已乃用江阴语。

实验工夫若然只做一次，那是万万不够的。所以我在要断定某一声的价值时，必比较许多次实验所得的结果，而求其最普通之一现象。

凡与字声有关系的事，也大都研究。因此，在广州语中，我非但研究旧说的八声，还研究了新近发现的第九声；在江阴语中，我研究了至今聚讼的一个清浊问题，和“浊上”的消失问题；在北京语中，我研究了“自然声”，“入声转变”，“哑音气子”等问题。

第二编所研究的变声，又分作重音与音节两件事。在重音一件事上，我得到了十几个见解。这种见解在目下还不能当作结论。把这小小的收获与所用的工夫相比较，似乎很不上算；但在不怕做苦工的人看来，已可以增加一分勇气了。我们知道无论研究何种科学，实验的或非实验的，假使一个人用了一世工夫而所得结果只是十个八个字，但求十个八个字真有价值，那就决不是一个耻辱。

关于音节，我只是十分粗略的观察了一下，因为这个问题，需要特种的材料和受试人，本以分开研究为是。

现在说附录中所记我所创造的两种仪器。

第一种仪器叫做音高推算尺，可以做量线，计算，作图等工作。有大小两式，小式尤比大式合用，因为价值便宜，便于取携，而且不易损坏。用以量线，可以量到十分之一公厘，其准确与用玻璃小尺绝对一样，而时间可以省到三四倍；又不伤目力，因为廓大镜的倍数很低。说到作图，可有两种方法：一种是用计算的，一种是不用计算，就将量线，计算，作图三事，同时兼做的。这后一种方法，比前一种更好，因为非但简便省事，而且所得结果，其正确程度，竟超出于普通方法之上。其理由有二：

第一，普通方法所得的结果，并不是直接来的，是经过了许多次的间接来的；每经过一次的间接，就有增加一分的错误的可能。无论你如何精细用心，这总是件逃不了的事。我们仪器上所得的结果，却完全是直接的；完全直接也当然并不就是绝对没有错误，但错误的分量总少得多了。

第二，在物理计算中，除有特别需要外，通常只用数目字三位；在图算法中，用两位就够。我们这仪器上的对数尺，却用了四位。以四位与三位或两位相比，自然是正确得多了。

因有这种原因，所以用无计算法直接画出来的曲线，形式非常整齐，不比用普通方法所画的，常带着许多不规则的折齿。这种折齿从何而来，向来没有人能明白解释过；现在我们可以说，这是错误成分太多的结果。

第二种仪器是一个音鼓，感觉特别灵敏，所以记起声来（尤其是在记女声的时候），比普通的 Rousselot 式鼓好得多。若是把鼓膜的宽紧和鼓管中的气量校得恰好，所画出的浪线，几乎可以和 Lioretgraphe 上画出来的一样；而且于记语声之外，更能记“音哨”和许多种口吹乐器的声。因有此种作用，我们有时可以把它替代电流音义，有时也可以借它研究乐器的音高。我们还能用它记留声机片的音，因此可以利用市上所卖的留声机片，来研究名歌人或名乐师的奏品。为了这样一件事，从前Scripture先生曾特造过一种仪器。这仪器的价值至少要比我们的音鼓高上一百倍，实验时所用时间和材料，要多到一千倍；所画出的浪线，自然比我们的鼓上所画出的详细得多，但在普通研究中，我们永世也用不着那样的详细。

1925年3月17日

国语运动略史提要

这一部小论文的主旨，在于纪述事实，并不在于评论。若然中间有些地方带着些评论的意味，那不过是为着要把所说到的事实，说得分外明了些。

此外还有一件事要声明：我虽然是国语统一筹备会的会员，我在论文中，却并不作此会的宣传者，这就是说，我的态度是客观的，不是主观的。即如注音字母，在普通教育及社会教育上，我承认它有相当的价值，但我并不就因此承认它在科学的研究上有何等的价值。

关于国语一个问题上的事实，可以按着时间，略叙如下：

最初是为着要普及教育，便利妇孺，而苦于文言太难，因此就有人提倡做白话书报。这一期的白话文，依着作者的意旨，是专为便利妇孺的，并不是给读书识字的人看的。

但是，这种文体的改变，并没有能收到多大的效果。因为把文言改成了白话，只是能“易懂”，并不能“易识”，而易识的重要，乃更在易懂之前。因此，接着就有了一个字母时期。这一期中的作者，想要造成一种字母制的字，替代原来的汉字，使识字一件事，可以容易些。

在这一期的作者中，我们不应当忘记了王照劳乃宣两先生。

但是，假使我们要利用字母，我们马上就可以发见一个极重要的问题：那就是读音问题。假使没有方法统一读音，字母就全无用处。

在起初一步，大家以为这问题很容易解决，只须把京语当作标准语就完了。

后来大家渐渐看出，采用京语有许多的不相宜；为中国全民族着想，与其用京语，不如用一种人造语。这人造语中的各分子，连最重要的读音一件事也包括在内，应当先期分别研究，务求所造成的语言，使全中国人民，能于接受。

到此地才是真正的国语运动的开场；也是到了此地，一般提倡国语的人，才把中国全民族混通看作一块，不再用开通知识便利妇孺等话头，把一国的人民，勉强分成两家。

自此以后直到今天，我们常在这一条轨道中走，虽然中间也经过了不少的变更与周折。

目下的国语的情形是这样：

自从民国七年注音字母公布了，次年《国音字典》出版了，关于统一读音的一个问题，已算有了个解决，虽然这个解决并未能完全应合到我们的理想与希望。

自从民国八年国语统一筹备会成立了，我们已有了一个正式的永久机关，去研究关于国语的一切问题，并安排关于国语的一切事务。

自从有了民国五年以后的文学革命，国语一件事就渐渐的建造于一个稳固的基础上。我们应当注意：我们是直到了此一刻，才能明了白话文的真价值。

在这种种的情状之下，我们可以说，亦许在十年八年之后，我们可以有得一种很合实用的辅助语。

但是在此地，我们应当补说一件事：

目下从事于国语的人，几乎把全力用在统一读音上，希望理想中的辅助语，可以早早造成。除去少数的罗马字提倡者以外，我们再听不见有什么人主张要用什么字母来代替汉字;注音字母只是一件标音的工具,使读音可以统一,并不是一种文字,看它的名称可以知道。

这种态度上的转变,看去自然是很奇怪的。因为我们方才说过,统一读音并不是一个目的,乃是一种方术,或者说,是一种预备的工夫,使字母制的文字,可以实现。按着理说,我们当然不能在半路上就停止了。

但是要使字母制的文字实现,无论是用罗马字或另一种字,我总觉非常困难,虽然这问题是重要到极顶。我以为我们应当有些耐心。我们应当将这问题用最精细的方术去研究;凡是与这问题有关系的事项,都该一一分别讨论,不能放松一点。若不先下这种工夫,贸贸然然就尝试,恐怕结果一定不好。因此就目前说,我们应当把野心收小一点,暂认我们今日所做的统一国语的工作,也是一种差可满意的工作,因为这种工作的本身,也有相当价值在。

因此缘故,我在论文中对于汉字罗马化这一个问题,只是在结束处很简略的说了一说,并没有能将诸位提倡人的办法,节要写入。我在这件事上很抱歉,但我希望他们将来提出的办法,能比今日以前的更好,更进步,更完满。在根本上说,我决然不是他们的反对者。

以上将我论文中的大要说完;以下请允许我指出几个特别点:

第三章说注音字母。用英文写的说注音字母文章,已有了几篇,用法文写的,这亦许还是第一篇。

因求便利于非语音学者的读者起见,我的标音法和论音法,并没有采用 Rousselot 制或"国际制"。

第四章中说到文学革命。这当真是中国现代史的一件大事。在记述此事之前,有一段文言的构成史。这是我个人的研究,虽然说得很简略,或者还不是全无根据。

最后是在第五章中,第一七八节,我说明官话究竟是什么,一八二至一八七节,我把京语与国语两相比较。这两段,我自信剖析得很清楚。

1925 年 3 月 17 日

敦煌掇琐序目

例一：目中大字号数为本书中所排之次第，小字号数为巴黎国家图书馆写本部伯希和收藏中所排之次第。

例二：各文件中，其原有标题尚存者，即于标题下注“原”字；其已失者，或原来并无标题者，则为代拟一题，注“拟”字；不能拟者，即用首句为题，注“首”字。例三：字有疑似不能决者，于字旁志以△。

上辑

一　二六五三　韩朋赋　原　全

二　二六五四　晏子赋　原　全

三　二六五三　燕子赋　原　缺首

四　二六五三　燕子赋　原　全此与前一燕子赋异

五　二六四八　季布歌　拟　残

六　二七四七　季布歌　拟　残　此似应与前号合为一本

七　三三八六　季布骂阵词文　原　残

八　三二四八　丑女缘起　原　缺尾

九　三二一三　伍子胥　拟　剩首

一〇　二七九四　伍子胥　拟　缺前半　此似不能与前号合

一一　二七二一舜子至孝变文　原　附百岁诗　全

一二　二九六二　西征记　拟　残

一三　二五五三　昭君出塞　拟　缺首

一四　二七一八　茶酒论　原　全

以上小说

一五　二五六四　齖魺新妇文　原　全

一六　三〇八六　那梨国神话　拟　全

一七　二九五五　佛国种种奇妙鸟　拟　残

一八　二一二九　海中有神龟　首　全

一九　二一二九　老少问答寓言　拟　全

二〇　二六三三　崔氏夫人要女文　原　全

二一　三一六八　女人百岁篇　原　全

以上杂文

二二　三一三七　翠柳眉间绿　首　缺尾

二三　三一二五　闻呵耶名字何何　首　全

二四　三一二三　一支银瓶□两手全　首　全

二五　二八三八　云谣集杂曲子共三十首　原　残

二六　二八〇九　孟姜女等小唱七首　拟　残

二七　二六四七　五更调小唱　拟　残

二八　三一三七　悔嫁风流婿　首　全

二九　三三六〇　十四十五上战场　首　缺尾

以上小唱

三〇　三四一八　五言白话诗　拟　卷残抄出者共五十二首

三一　三二一一　五言白话诗　拟　卷缺首抄出者共四十六首

三二　二七一八　王梵志诗　原　全共三十八首

三三　二一二九　禅诗四首　拟　全

三四　一七四八　王昭君怨　原　全

以上诗

三五　二七三四　太子十二时　拟　全

三六　二四三八　太子五更转　原　全

三七　三〇六五　太子入山修道赞　原　全

三八　二九六三　南宗赞　原　全　此为别体五更调

三九　二七二一　新集孝经十八章　原　残

四〇　二七二一　开元皇帝赞金刚经　原　全

四一　二八〇九　劝戒杀生文　拟　残

四二　二七一三　辞娘赞说言　原　全

四三　三一一七　救诸众生苦难经　原　全

四四　二六五〇　劝善经　原　全

四五　三一一七　新劝善经　原　全

以上经典演绎

四六　三五六一　舞谱　拟　残抄出者共十四谱

以上艺术

中　辑

四七　三一二一　家宅图　拟　大致全

四八　三三八四　翟明明受田四十亩半四址清单　拟　全

四九　二八二二田亩四界册　拟　残

以上家宅田地

五〇　二一二四　邓善子贷绢券　拟　全

五一　三〇〇四　兵马使徐留通借绢券　拟　全

五二　二六八六　李和上借粮券　拟　全

五三　二六五二　宋乇借驰券　拟　残

五四　三一五〇　吴庆顺质身契　拟　全

五五　二六三三　康不子借匹帛券　拟　残

五六　二五〇二　锛兴逸借粮券　拟　全

五七　二六八五　兄弟分家契　拟　缺首

五八　三三三一　张骨子买屋契　拟　全

五九　三四一〇　僧崇恩处分遗物证　拟　全

以上社会契约

六〇　三二五七　寡妇阿龙诉状并其连带各件　拟全共六件

六一　三五〇一　王员定分让园舍地亩与其两弟　状拟　全

六二　三五〇一　莱幸深为官中用地十亩请与免税牒　拟　全

六三　三一八六　百姓某请处分债负牒　拟　全

六四　三一八六　百姓某请处分逆子牒　拟　全

六五　二八〇三　押衙索大力状　首　全

以上讼诉

六六　三三四八　天宝四年官中卖出匹帛并买进军　粮帐目　拟
残

六七　二八〇三　天宝九年八月二十八日敦煌县郡仓粮数出入状
拟　节

六八　二八〇三　天宝九年敦煌县各乡应纳种子粟数状　拟
节抄

六九　二八〇三　天宝九年户口册　拟　残

七〇　二九七九　开元某年某处官厅判牍九种　拟　全

七一　二四八二　常乐副使田员宗申报南山捕盗事　拟　全

七二　二七三四　翟使君责安僧正交寿昌令　拟　全

七三　二七三四　駞官马善昌呈报駞匹死亡状四件　拟　全

以上官事

七四　三二八四　婚事程式各种内有通婚书答婚书等共六件　拟
全

七五　三三五〇　下女词　原　缺尾

以上婚事

七六　二五七八　开蒙要训　原　全　注音本

七七　二七二一　杂抄　原　节抄

七八　三三四九　算经　原残

七九　三二八四　尺牍程式　拟　录夫与妻书妻与夫书各一通

八〇　书函程式　拟　全

八一　三一四五　上大夫丘乙己　首　缺尾

以上教育

八二　二八六三　李吉子等施舍布粟铸钟疏　拟　共七件　全

八三　二九一二　康秀华施银盘子三枚写经疏　拟　全

八四　二九八二　显德四年梁国夫人结坛施舍疏　拟　全

八五　三一〇七　孤子某延僧为其故父追福疏　拟　全

八六　三一三五　索清儿为患热病发愿写四分戒一卷跋　拟　全

八七　三二〇七　李憨儿戒牒　拟　全

以上宗教

八八　三二四七　大唐同光四年具历　拟　缺尾

八九　三四〇三　雍熙三年春历书　拟　原本全今抄至二月底止

以上历书

九〇　二六六一　吉凶避忌条项　拟　残

九一　三一〇五　解梦书　原　残

九二　三〇八一　七曜吉凶避忌条项　拟　残

九三　三三五八　护宅神历卷　原　全

以上迷信

九四　二九八七　西天大小乘经律论并现在大国内部数目录　原全

九五　三三一一　永徽四年二月二十四日弘文馆用纸数　拟　大致全

九六　二五七三　高延德致亲家翁书　拟　残

九七　二〇一一　侄女□娘子祭故大阿耶文　拟　残

九八　三一四五　社司转帖　原　全

以上杂事

下　辑

九九　二一二九　唐韵序　拟　缺首

一〇〇　二〇一一　守温撰论字音之书　拟　残

一〇一　二〇一一　刊谬补缺切韵　原　残存四十二断片

一〇二　二七五八　字书　拟　残

一〇三　二七一七　字宝碎金　原　缺首

一〇四　二六〇九　俗务要名林　原　缺首

以上语言文字

以上文件一百零四种，都是从法国国家图书馆所藏敦煌写本中录出，略照性质分类：关于民间文学的，归入上辑；关于社会情事的，归入中辑；关于语言文字的，归入下辑。换句话说，上辑是文学史的材料，中辑是社会史的材料，下辑是语言史的材料。但世间事物，并不是生来就预备着给学者们分类的。所以在无论何种科学中，说到分类，多少总不免发生些困难。在本书中，若要吹毛求疵，真是不妥之处不可胜数。例如《开蒙要训》七六号一种，我照它原来的性质，列入教育类。但此篇可贵之处，不在本文而在所注之音。那么，若以用处论，就应当列入语言文字类。又如《王梵志诗》三二号，明明是教育性质，和三十、三十一两号的白话诗不同。然因其体裁相近，似乎总应当把这三种排在一起，方觉妥当。又凡一切白话文，都是研究当时语言的最好证据。所以，若是真用语言学者的眼光来看，可以把全书的十分之九都纳入语言文字类。但这种办法，在实际上是行不通的。如此等等，均可证明分类之不易。但分类在本书中并不是一件最重要的事，所以分类上即有不妥，也不妨姑且听着。

书名叫做《掇琐》，因为书中所收，都是零零碎碎的小东西。但这个“小”字，只是依着向来沿袭的说法说，并不是用了科学方法估定的。譬如有两个写本，一本写的是一部《尚书》，一本写的是几首小唱，照着向来沿袭的说法说，《尚书》当然比小唱重要到百倍以上，《尚书》当然是大的，小唱当然是小的。但切实一研究，一个古本《尚书》，至多只能帮助我们在经解上得到一些小发明；几首小唱，却也许能使我们在一时代的社会上，民俗上，文学上，语言上得到不少的新见解。如此说，所谓小大，岂不是适得其反？

直到最近数年，这种谬误的大小观念，才渐渐的改变了。我们只须看一看北京大学研究所国学门中所做的工，就可以断定此后的中国国学界，必定能另辟一新天地；即使一时不能希望得到多大的成绩，至少总能开出许许多多古人所梦想不到的好法门。我们研究文学，决然不再做古人的应声虫；研究文字，决然不再向四目仓圣前去跪倒；研究语言，决然不再在古人的非科学的圈子里去瞎摸乱撞;研究歌谣民俗,决然不再说五行志里的鬼话;研究历史或考古,决然不再去替已死的帝王做起居注,更决然不至于因此而迷信帝王,而拖小辫,而闹复辟!总而言之,我们新国学的目的,乃是要依据了事实,就中国全民族各方面加以精详的观察与推断,而找出个五千年来文明进化的总端与分绪来。

在这旧瓶改装新酒时,最需要的是材料的供给。我虽然不是国学家,而且将来也不希望做成国学家,但看了许多朋友同事们的努力,心中总有不少的欢欣与艳羡。于是我想:他们做工程师,造铁路,我便钻进矿洞去掘出些铁沙来;这于全路工程也许是了无裨补,但我总算是尽了一分愚力了。若然我这个见解不错,则我将这数年来留学余暇所抄录的敦煌文件发表,也就未必是妄祸枣梨。记得前年,上海有位吴立模先生研究五更调,我将《五更调小唱》二七号及《太子五更转》三六号抄寄给他,承他称为合用;去年顾颉刚先生研究《孟姜女》,我将《孟姜女小唱》二六号寄去,承他称为所得材料中最重要的一种。因有此两次的经验,我颇希望全书出版之后,能替学者们当得一些小差;同时我又希望几种兴趣较浓的文件,能博得一般读者的赏玩与惊奇。这就是我发表此书的一些小意思了。

1925 年 6 月 19 日

与顾颉刚先生论《静女》篇

颉刚先生：

《邶风·静女》篇有了你与刘大白、郭全和魏建功诸先生的详细讨论，使我们门外汉也能于看得明白，这不但是我们要感谢，便是那位"密司静女"，恐怕也要感谢你们的。不过我也有一点可笑的谬见，愿意写出来请你指教指教。

篇中最难解决的一个问题，就是既然说了"俟我于城隅"，为什么接着又说"爱而不见"？若说约会的地方是城隅，到了临时找不到，总不免有点儿牵强，因为城隅决然不是个大地方，也决然不会是和前门大街一样热闹的地方（我们何妨设身处地想想呢）！而况既然找不到，为什么下文又有了馈赠的事呢？

古代的文章里，尤其是诗歌里，往往为了声调或字数的关系，把次要的字眼省去了几个。这所谓次要，只是古人心中以为次要罢了；在于我们看去，却是重要得了不得。因此，我们现在要解这首诗，目的只在于要发见他所省去的几个字。你若说他的意思是预先约定了，临时找不着，只是你的一种假定，干脆说，只是你在那里猜谜子。这种的猜谜子，只要是谁猜得可通，就算谁猜得好；考据功夫是无所施其技的——因为要考据，必须要有实物，现在并无实物，只是对着字里行间的空档子做工夫而已。

如所说，我也来大胆猜一猜了。我以为这是首“追忆的诗”。那位诗人先生，他开场先想到了他那位密司曾经在城墙角里等过他，可是“此刻现在”啊，“爱而不见”，就不免搔头挖耳朵起来了。其次是他又想到了他的“她”从前送给他的彤管；彤管是多么的美啊，“可是心肝宝贝肉，我因此又想到了你的美了”。其次是他又想到了那天从草原上回来，她采了些野草送给她，“野草有什么希罕呢？可是心肝宝贝肉，这是你送给我的啊！”

这样解诗，真是林步青唱滩簧，瞎嚼喷蛆而已。然而我还要老着脸写出来给你看看，就请你指教指教罢。

以上是关于全诗大意的话，其余细头关目上，我也有点儿意思：

（一）“静女”可作一个名词，解作“小姐”，或“姑娘”，或“处女”，不必说幽静的女子。（“静”之不必用本义解，犹之乎南方言“小姐”，北方言“大姑”，并不含有“小”“大”之意。）

（二）“其姝”的“其”，可解作“如此其”，译作白话，便是“多么”或“多门”。

据以上两项，则“静女其姝”一句，可译作“姑娘啊，你多门漂亮啊！”

（三）“彤管”的“彤”，应从魏说作“红漆”解。古书中虽亦有用“彤”字泛作“红”义者，然多数是指红漆的红，如“彤弓”“彤镂”“彤庭”之类，《说文》亦谓“彤，丹饰也；从丹，从彡；彡，其画也”。

（四）改“管”为“菅”，自亦不失为一说，但如“菅”“荑”并非一物，则两次所送，均是些野草，这位密司未免太寒酸，而文章也做得犯了重了。如谓“菅”“荑”即是一物，则二三两章一直下去，在文学上又似乎太单调。我并不说古人决不会做这种重复或单调的文章，不过假使是我做，我就决不如此做法。我以为“管”字亦应从魏说作乐器讲。古书中所用“管”字，除专名如管叔管子外，最普通的是（1）管理的管，（2）管钥的管，（3）箫管或管弦的管。第（1）（2）两义与本诗全不相干，则第（3）义自然坐实。若说“彤管”是“红笔管”，真是妙不可酱油！（以管作笔管解，在古书中恐怕找不出实例)况且你想：送个笔管多么书呆子气(如果那时已有瓦德门的自来水笔，自然又当别论了)，送个乐器多么漂亮。此一密司而生于今日也，其亦“爱美的”音乐家欤。我的意见如此；我本想用白话把全诗译出，可是一时竟译不好，只得暂且收束，请你赐教。

1926 年 6 月 25 日

与疑古玄同抬杠

半农兄：

今天在一个地方看见一张六月廿二日的《世界日报》，那上面有他们从七月一日起要办副刊的广告，说这副刊是请您主撰的，并且有这样一句话：

刘先生的许多朋友，老的如《新青年》同人，新的如《语丝》同人，也都已答应源源寄稿。

我当然是您"刘先生的许多朋友"之一，我当然是"《新青年》同人"之一，我当然是"《语丝》同人"之一；可是我没有说过"答应源源寄稿"给《世界日报》的副刊这句话。老实说吧，即使你来叫我给他们作文章，我也一定是不做的，倒不见得是"没有功夫"，"没有材料"。再干脆的说吧，我是不愿意拿我做的东西登在《世界日报》里的，我尤其不愿意拿我做的东西与什么《明珠》什么《春明外史》等等为伍的。我有一个牢不可破的见解：我以为老顽固党要卫道，我们在主义上虽然认他们为敌人，但有时还可以原谅他们（自然要在他们销声匿迹草间偷活的时候才能原谅他们），因为他们是"古人"是"僵石"。最可恶的，便是有一种二三十岁的少年，他们不向前跑，不去寻求光明：有的听着人家说"线装书应该扔下毛厕三十年"或"中国的旧文化在今日全不适用”的话便要气炸了肺，对于捧坤角逛窑子这类混账事体认为大可做得，而对于青年男女（尤其是学生）为极正当极合理的恋爱反要大肆讥嘲；有的效法张丹斧做《太阳晒屁股赋》那种乌勾当，专作不负责任没有目的的恶趣味的文字。我对于这种少年，是无论何时无论何地绝对不愿与之合作的。所以现在看了那广告上的话，不能不向你切实声明。它事可以含糊对付，此事实在不能“默尔而息”。话说得这样直率，这自然很对你不起，尚希原谅则个！

弟疑古玄同　一九二六，六，二四。再：这封信请在《语丝》上发表为荷。

玄同兄：

一个小记者还没有能“走马到任”，你老哥可有信来教训了，这真是“开市大吉”了。

《世界日报》上那个广告，是我拟的。我为了拟广告，已碰了不少的钉子；如今再碰你最老最好的朋友的一个钉子，也自然是别有风味的。在拟这广告之前，我的确问过了许多朋友，的确有许多人答应了我，但因未能一一遍问，自然不免有人要嗔怪我，这是我十分抱歉的（但“许多”二字，并非全称肯定）。至于你，本来是应当预先问过的，因你这几天为了你夫人病得很重，一时未必能有心绪作文章，所以打算迟一迟再向你说。你虽然未必为了这件事动气，但在我一方面，总是不安到万分，应当向你郑重道歉的。我办这《副刊》，是由《世界日报》方面答应了不加干涉的条件才答应办的。所以实际上，这《副刊》不但与《明珠》等两不相干，即与《世界日报》，也可以说两不相干。犹之乎当初的《京副》，和你所办的《国周》，和《京报》及《显微镜》等，根本上都是全不相干。又如七年以前，你我都在北大，辜汤生是复辟党，刘师培是帝制党，也都在北大，因为所任功课两不相干，虽在一处，却无所谓“合作”，所以你我二人并没有愤而辞职，而蔡先生的“兼容并包”，反传为美谈。不过这些事，我只是想到了随便说说，并不是要反驳你。你的意见是我应当尊重的；即使不是意见而是感情，我也应当尊重——尤其是在近来你感情上很痛苦的时候。为此，我遵命将来信在《语丝》上登出。

我们两个宝贝是一见面就要抬杠的，真是有生之年，即抬杠之日。如今从口上抬到了笔上，不得不有打油诗以作纪念：

闻说杠堪抬，无人不抬杠。

有杠必须抬，不抬何用杠。

抬自犹他抬，杠还是我杠。

请看抬杠人，人亦抬其杠。

弟刘复　1926年6月26日

法国流俗语举例

所谓流俗语，在法文叫做 le langage populaire，或叫做 la langue vulgaire，用中文解释起来，就是一般民众所说的话。

现在先用北京话来做一个例。在一般人的意想中，以为北京话就是北京话，中间决不会再有什么分别。实际却不然。例如“容易”的“容”，有人读作“young”也有人读作“loung”，“自各儿”的“自”，有人读作“tzz”，也有人读作“tchi”；我所住的胡同叫北帅府胡同，一般人读“府”为“fou”，但也常有人读为“pou”。诸如此类，只要留心去听，随时都可以听见。而且根据了这种的材料，我们可以归纳得出一个条理来：那一等的话，是那一等样的人说的。这样，我们在同一种语言之内，就可分出种种的阶级来了。

在中国有这种的情形，在法国的情形也是一样。因此有人把“口说的法国语”(le francais parlé)分做了三种。

第一种是正则的话(la langue normale)，是一般有知识的人在演讲等时所用的。

第二种是随常的话(la langue familière)，比前一种要随便些，可是中流以上的社会中所常用的一种话。

第三种是粗俗话(la lngue triviale)，就是工人，下女，小贩，门房之类所说的话。

这种的分类法并不能说分得不好。可是，你若要在这三类之间划出两条很清楚的界线来，那是做不到的。因此我们现在为简便起见，不分为三类，而只分为两类：

第一类就是法国语，就是合于文法的规律的一种话。

第二类就是法国流俗语，就是一般民众口中所说，不一定合于文法的规律的话。

现在就举些最普通的例，把这两种话的不同处，略略比较一下。

我们大家都知道语言是用字联合成功的，字又是用音联合成功的，所以在我们这研究中，也可以分作音与字两大部。但音与字是互相关连的，所以在这两大部分的中间，也不能划出一条极清楚的界线：有的时候，仍旧要会通了讲。

一　音的方面

（一）减音例——此由于说话时的贪懒或贪顺口，把比较次要一点的音素省去。

il 读为 i—s'il cous plaft 已一致读为 s'f vous plaft，也有读为 si ous plaft 的，那就连 v 音也消失了。

il 也可以读为 l——这虽然比较不甚普通一点，却也时时可以听见：l'a pas vu，lul！（il n'a pas……）

tu 读为 l——最显著的是 tu as 读为 t'a，tu es 读为 l'es：T'as vu ca，tof？ T'es fou！

字尾-re 或-le 之消失——quatre 读为 quat；notre 读为 not；votre 读为 vot；table 读为 lab；peuple 读为 peup；y a quat personnes a la tab(i y a quatre personnes a la table)。

é 音之消失——cette heure 读为 st heure，cet homme 读为 st momme；cette lemme 读为 st femme。

此外如 mademoiselle 读为 mamzelle；voilà 读为 vla，mercredi 读为 mecredi；quelqu'un 读为 quequ'un，quelquse ulls 读为 quéques uns，不可胜举。

（二）增音例——基于 liaison 之错误，无端加入一音。此所加之音，以 t 及 z 为最多，因在 liaison 中，以 t 及 z 为最多也。

增 t 音的：

Malbrough s'en va **t** en guerre.

il a **t** été chez moi.

il y a **t** encore du pain.

il va **t** et vient.

il faudra **t** aller.

quand **t** vous voudrez.

增 z 音的：

laissez-moi-**z**-entrer.

entre **quat'z** yeux.（quatre yeux）

quat'z officiers.（quatre officiers）

nous voilà **z** arrivé.

mets-toi-**z**-y（mets-to-là）.

les **z** halles.

des **z** haricots.

（三）有声之音转为无声之音例：

ie(ne)sais pas 读为 ch sais pas。

monsieur 读为 msieur，甚至读为 psieu。

table 读为 tabl。

quatre 读为 quatr。

poudre 读为 poudr。

oui 读为 houi(略如吸水烟者吹纸煤之音)。

(四) 音质(timbre)变化例:

toi 读为 t'oi;pied 读为 p'ied; pauvre 读为 p'auvre。

bien 读为 ben。

Eugène 读为 Ugéne;Eugénie 读为 Ugènie。

ouvrier 读为 overier。

lundi 读为 lindi。

juin 读为 jouin。

panier 读为 pagnier;Daniel 读为 Dagnlel。

tiens 读为 ciens(然 tenez 不读为 cenez)。

cinquième 读为 cintième。

(五) 介音误用例,即 liaison 之中,用 **t** 处误用 **z**,或用 **z** 处误用 **t**:

vingt-**z**-hommes.

il était-**z**-à l'école.

c'est pas-**t**-à moi.

tu m'as-**t**-appelé.

i'étais-**t**-a la maison.

(六) 两音纠缠例:

quant à moi 读为 rant qu'a moi。

Mathilde 读为 Maltide。

Félix 读为 Felisque。

二 字的方面

(一) 减字例:

ne 之消失—J'ai pas vu; J'ai pas mangé; Je sais pas. 或 ssais

pas。

il y a 或 il n'y a 读为 ya：ya Jean qul m'a dit(c'est Jean qui m'a dit)：ya pas d'erreur！

(surement,certainement)

n'est-ce pas? 读为 sspt?

qu'est-ce que c'est que cela? 读为

qu'est-ce que e'est que ca? 或 sque

c'est quc ca? 或 c'esi que ca? 或 sksa?

（二）增字例：

增　en……de：j'en ai deux de chapeaux (j'ai deux chapeaux)。

增　mais 字：mais oui；mais nou；mais si。

增　que 字：alors,qu'i m'dit,quoi qu'elle a dit?

增　à lui,à elle à eux 等字：leurs pays à eux；son chapeau à elle；le mien à moi；le sien à elle；l'leur àeux。

增　il,ils,elle elles 等于 sujet substantif 之后：ma femme elle est vennc(亦有用二者)；les sokdats ils sont malheureux。

Puis　变为 et pi 或 el pi alors。

si　变为 si tellememl：c'est si tellent beau！

où　变为 où que,或 où c'est que,或 oùsque：la maison on qu'il reste,ia maison ou c'est qu'll reste。

qui?　变为 qui que? 或 qui c'est qui? 等：

qui qu'a fait ca?

qui c'est qui a fair ca?　(qui a fait ca?)

que?　变为 quoi que? qu'est-ce que c'est que? 等：

quoi que vous voulez?

qu'est-ce que c'est que vous voulez?　(que voulez-vous?)

（三）代用字例：

ici 代 ci——cet homme-**ici**。

c'est celui-**ici** qui me l'a dit.

comme 代 que(在 adiectif comparatif d'égalité 中)：

il est aussi grand comme lui.

il est pas si bon comme lui.

pas un 或 pas un de 代 aucun 或 nul：

pas un homme peut supporter ca(aucun homme ne peut supporter cela).

j'ai pas vn **un de** soldat dans la rve (je n'ai vu aucun soldat dans la rue).

que 代 dont——la chose **que** j'ai besoin；la femme **que** son mari est mort hier。

（四）惯用字例：

tanôt (aptès-midi).

deuxième (seconde 几乎不用)。

sous (centime 比较少用)。

vingt sous (un franc).

cent sous (cinq francs).

à st heure (maintenant,aujourd'hui,etc).

dame (femme)；但对已可称"ma femme"，亦有称"la bourgeoise，""ma bourgeoise，""la patronne，""la maman. "等者。

demoiselle,jeune fille,petrie,fine fillette,petite(fille)。

（五）省文例(此系有意识的简省，与前文减音例中所举各字之出于不知不觉间者不同)：

auto(automobile).

métro(chemin de fer Métropolitain).

photo(photographie).

mécano(ouvrier mécanisien).

Bou' Sain' Mi(Boulevard Saint Michel).

Sebasto(Boulevard Sébastopol).

（六）误用例：

être 与 avoir 误用例。

avoir 误为 être(极少)：

je **suis** couru (j'ai couru).

être 误为 avoir：

j'ai monté an deuxième.

j'ai sorti le tantôt (je suis sorti dans l'après-midi).

il **a** rentré ce matin.

je m'ai fait mal(je me suis fair mal).

pronom relatif 后面的动词用错：

e'est moi qui a,c'est moi qu,a(c'est moi qui ai;亦有用 c'est moi **que j'ai** 者。

c'est moi qui **est'** (c'cst moi qui suis).

其他：

en face le pont(du pont).

assez du pain(de pain).

j'ai plus que cent francs dans ma poche(de cent francs...).

donne-**moi-le**(donne le moi)；此由 donne-tool-ca 一语脱转而成。

pour quoi tu dis ca? pour quoi que tu dis ca? (pour quoi dis-tu ca?)

（七）小儿语(此为流俗语中之一分支，应分别研究，兹略举数例，以见一斑)：

les pied-pied.

la têtête á la fiJille.

faire son pipi.

va dodo.

t'as dodo.

la gros bêbête.

des noenoeils.

Margot(Marguerite).

Totor(Victor).

Nana(Anna).

Monmond(Edmond).

Tatave(Gustave).

1926年10月9日

书里书外

>>> 劉半農 老实说了>>> 老实说了>>> 老实说了

辟《灵学丛志》

由南而北之《丹田》谬说，余方出全力掊击之；掊击之效验未见，而不幸南方又有灵学会，若盛德坛，若《灵学丛志》出现。

陈百年先生以君子之道待人，于所撰《辟灵学》文中，不斥灵学会诸妖孽为“奸民”，而姑婉其词曰“愚民”；余则斩钉截铁，劈头即下一断语曰“妖孽”，曰“奸民作伪，用以欺人自利。”

就余所见《灵学丛志》第一期观之，几无一页无一行不露作伪之破绽。今于显而易见者，除玄同所述各节外，略举一二，以判定此辈之罪状：

（一）所扶之乩，既有“圣贤仙佛”凭附，当然无论何人可以扶得，何以“记载”栏中，一则曰“扶手又生”，再则曰“以试扶手”，甚谓“足征扶手进步，再练旬日，可扶《鬼神论》矣”，及“今日实无妙手，真正难扶”云云。试问所练者何事？岂非作伪之技，尚未纯熟耶？此之谓“不打自招！”（杨璿《扶乩学说》中，言“扶乩虽童子或不识字者，苟宿有道缘，或素具虔诚之心，往往应验”，正是自打巴掌。）

（二）玉英真人《国事判词》中，言“吾民处旁观地位……尚望在位者稍知省悟……庶有以苏吾民之困……”试问此种说话，岂类“仙人”口吻！想作伪者下笔失检，于不知不觉之中，以自己之身份，为

"仙人"之身份,致露出马脚耳。

(三)《性灵卫命真经》之按语中,言"此经旧无译本,系祖师特地编成"。既称无译本,又曰特地编成,其自相矛盾处,三尺童子类能知之。然亦无足怪。米南宫之法帖,既可一变而为米占元,则本此编辑滑头书籍之经验,何难假造一部佛经耶?

(四)佛与耶与墨,教义各不相同,乃以墨子为佛耶代表,岂佛耶两教教徒,肯牺牲其教义以从墨子耶?且综观所请一切圣贤仙佛中,并无耶教教徒到台,请问墨子之为耶教代表,究系何人推定?又济祖师《宗教述略》中,开首便言"耶稣之说,并无精深之理,不足深究其故";中段又言耶教"盛极必招盈满之戒,如我教之当晦而更明也"。此明明是佛教与耶教起哄,墨子尚能以一人而充二教之代表耶?

(五)所请圣贤仙佛,杂入无数小说中人。小说中人,本为小说家杜撰,藉曰世间真有鬼,此等人亦决无做鬼之资格。而乃拖泥带水,一一填入,则作伪者之全无常识可知。吾知将来如有西人到坛,必可请福尔摩斯探案,更可与迦茵马克调弄风情也!

(六)简章第九条谓"每逢星期六,任人请求医方,或叩问休咎疑难",此江湖党"初到扬名,不取分文"之惯技也。下言"但须将问题先交坛长坛督阅过,经许可后,方得呈坛",此则临时作伪不可不经之手续,明眼人当谅其苦心!

(七)关羽卫瓘济颠僧等所作字画,均死无对证,不妨任意涂造,故其笔法,彼此相同,显系出自一人之手。唯岳飞之字,世间流传不少,假造而不能肖合,必多一破绽,故挖空心思,另造一种所谓"香云宝篆"之怪字代之,此所谓"鼯鼠五技而穷"。

(八)玉鼎真人作诗,"独行吟"三字,三易而成,吴稚晖先生在旁匿笑,乩书云:"吾诗本随意凑成……不值大雅一笑也。"真人何其如此虚心,又何其如此老脸!想亦"扶手太生",临场恍惚,致将拟就之词句忘却,再三修改,始能勉强"凑成"耳!

(九)丁福保以默叩事请答,乩书七绝一首,第一语为"红花绿柏几多年”，后三语模糊不能全读；后云，“此本不可明言，因君以默祷我故，余亦以诗一首报。”以此与第六项所举参观之，未有不哑然失笑者。

以上九节，均为妖人作伪之铁证，益以玄同文中所述各节，吾乃深恨世间之无鬼，果有鬼者，妖人辈既出其种种杜撰之技俩以污蔑之，鬼必盐其脑而食其魂！至妖人辈自造之谬论，如丁福保谓禽兽等能鬼，丁某似非禽默，不知何由知之；又言鬼之行动如何，饮食如何，丁某似尚未堕入恶鬼道，不知何由知之（友人某君言，“丁某谓身死之后，一切痛苦，皆与灵魂脱离关系；信如某言，世间庸医杀人，当是无上功德”）；至俞复之谓“鬼神之说不张，国家之命遂促”；陆某之将其所作《灵魂与教育》之谬论，刊入《教育界》——《教育界》登载此文，正是适如其分；然使之识浅薄之青年见之，其遗毒如何？如更使外人调查中国事情者见之，其对于中国教育，及中国人之人格所下之评判又如何？——则吾虽不欲斥之为妖言惑众，不可得矣！

虽然，彼辈何乐如此？余应之曰，其目的有二，而要不外乎牟利：

（一）为间接的牟大利，读者就其“记载”栏中细观之，当知其用意。

（二）为直接的牟小利，而利亦不甚小。中国人最好谈鬼，今有此技合嗜好之《灵学丛志》应运而生，余敢决其每期销数必有数千份之多，益以会友，会员，正会员，特别会员等年纳三元以至五十元之会费，更益以迷信者之“随意捐助”，岂非生财有大道耶？

呜呼！我过上海南京路吴舰光倪天鸿之宅，每闻笙箫并奏，铙鼓齐鸣，未尝不服两瞽用心之巧，而深叹伏拜桌下之善男信女之愚！今妖人辈扩两瞽之盛业而大之，欲以全中国之士大夫为伏拜桌下之善男信女，想亦鉴夫他种滑头事业之易于拆穿，不得不谋一永久之生计。惜乎作伪之程度太低，洋洋十数万言之杂志，仅抵得《封神传》中“逆畜快现原形”一语！

1918 年 4 月

寄《瓦釜集》稿与周启明

启明兄：

今回寄上近作《瓦釜集》稿本一册，乞兄指正。集中所录，是我用江阴方言，依江阴最普通的一种民歌——“四句头山歌”——的声调，所作成的诗歌十多首。集名叫做“瓦釜”，是因为我觉得中国的“黄钟”实在太多了。单看一部《元曲选》，便有那么许多的“万言长策”，真要叫人痛哭，狂笑，打嚏！因此我现在做这傻事：要试验一下，能不能尽我的力，把数千年来受尽侮辱与蔑视，打在地狱底里而没有呻吟的机会的瓦釜的声音，表现出一部分来。

我这样做诗的动机，是起于一年前读戴季陶先生的《阿们》诗，和某君的《女工之歌》。这两首诗都做得不错：若叫我做，不定做得出。但因我对于新诗的希望太奢，总觉得这已好之上，还有更好的余地。我起初也说不出所以然来。后来经过多时的研究与静想，才断定我们要说谁某的话，就非用谁某的真实的语言与声调不可；不然，终于是我们的话。

关于语言，我前次写信给你，其中有一段，可以重新写出：“……大约语言在文艺上，永远带着些神秘作用。我们做文做诗，我们所摆脱不了，而且是能于运用到最高等最真挚的一步的，便是我们抱在我们母亲膝上时所学的语言;同时能使我们受最深切的感动,觉得比一切别种语言分外的亲密有味的,也就是这种我们的母亲说过的语言。这种语言,因为传布的区域很小(可以严格的收缩在一个最小的地域以内),我们叫作方言。从这上面看,可见一种语言传布的区域的大小,和他感动力的大小,恰恰成了一个反比例。这是文艺上无可奈何的事。"

关于声调,你说过:"……俗歌——民歌与儿歌——是现在还有生命的东西,他的调子更可以拿来利用。"(《新青年》八卷四号《诗》)这是我们两人相隔数万里一个不谋而合的见解。

以上是我所以要用江阴方言和江阴民歌的声调做诗的答案。我应当承认:我的诗歌所能表显,所能感动的社会,地域是很小的。但如表显力与感动力的增强率,不小于地域的减缩率,我就并没有失败。

其实这是件很旧的事。凡读过 Robert Bums, William Barnes, Pardric Gregary 等人的诗的,都要说我这样的解释,未免太不惮烦。不过中国文学上,改文言为白话,已是盘古以来一个大奇谈,何况方言,何况俚调!因此我预料《瓦釜集》出版,我应当正对着一阵笑声,骂声,唾声的雨!但是一件事刚起头,也总得给人家一个笑与骂与唾的机会。

这类的诗,我一年来共作了六十多首,现在只删剩三分之一。其实这三分之一之中,还尽有许多可以删,或者竟可以全删,所余的只是一个方法。但我们的奇怪心理,往往对于自己所做的东西,不忍过于割削,所以目下暂且留剩这许多。

我悬着这种试验,我自己并不敢希望就在这一派上做成一个诗人;因为这是件很难的事,恐怕我的天才和所下的工夫都不够。我也不希望许多有天才和肯用工夫的人,都走这条路;因为文学上,可以发展的道路很多,我断定有人能从茅塞粪土中,开发出更好的道路来。

我初意想做一篇较长的文章,将我的理论详细申说,现在因为没有时间,只得暂且搁下。一面却将要点写在这信里,当作一篇非正式的"呈正词"。

我现在要求你替我作一篇序，但并不是一般出版物上所要求的恭维的序。恭维一件事，在施者是违心，在受者是有愧，究竟何苦！我所要求的，是你的批评，因为我们两人，在作诗上所尝的甘苦，相知得最深，你对于我的诗所下的批评，一定比别人分外确当些，但这样又像我来恭维你了！——其实不是，我不过说：至少也总没有胡"蚕眠"(!)先生那种怪谈。

现在的诗界真寂寞，评诗界更寂寞。把"那轮明月"改做"那轮月明"凑韵，是押"称锤韵"的人还不肯做的，有人做了。把新芬党人的狱中绝食，比做伯夷叔齐的不食周粟，是搭截大家还不敢做的，也有人做了。做了不算，还有许多的朋友恭维着。

这种朋友对于他们的朋友，是怎样的心理，我真推想不出。若说这样便是友谊，那么，我若有这样朋友，我就得借着 Wm. Blake 的话对他说：

"Thy friendship of has made my heart to ache：——
Do be my enemy, for friendship's sake."

我希望你为友谊的缘故做我的朋友，这是我请你作序的一个条件。

1921 年 5 月 20 日

《四声实验录》序赘

承吴先生替我这本小书作了一篇长序，不但使我的书增加了许多光荣，而且使我自己也增加了许多学问，改正了许多观念，我真感激万分。但是读完了他序文以后，觉得除"喜玛拉耶山""最高度成绩"……等话，当然不能承认外，不免还有许多话要说。因此破空造起一个"序赘"的名词，来赘上几行。

我觉得我这部书，是研究现象的书，不是创造或推行某种主张的书。因此它永远是两面兼顾的：它永远不偏向于任一方。甲方面可以认它为四声的行状，乙方面也不妨认它为四声的救星。它自己是无可无不可，只看你们如何的利用它。正如同是一个世界语，社会党可以利用它，军阀财阀又何尝不可以利用它呢？

但我的书是如此，我这个人却不能如此。吴先生说我一向是废四声的信徒，我可以说：正是。不过这里面，还有几件事应当分别而论。

（一）注音字母与四声。注音字母是标示音质的：它根本上就没有兼标四声的任务。所以假使有人，因为它不能兼标四声就要根本推翻它，我们虽然不敢竟说这等人是糊涂，胡闹，而他们闹得甚嚣尘上时，我们总不妨且闭着眼。

（二）国语与四声。我在《国语问题中一个大争点》一篇短文里，已有过“国音乡调”的主张。此所谓调，不是语调，是字调，就是四声。既如此，可见我当时虽然没有明说废四声，而四声之可废，却已不言而喻。但我也并不说我的国音乡调说实行了以后，大家用国语谈话，竟可以绝对不因没有“国声”之故，而不起纠纷。不过即使有纠纷，也总是很少的，偶然的。若然我们拈住了一些，就要扯动全体；拈住了偶然，就要概括一切，那就不免什么事都搬不动，办不了。且从旁面举几个趣例：上海朋友说：“我要吃碗水。”我们江阴人听了不免笑个前仰后合。江阴人说：“我要洗脸。”宜兴朋友听了又不免笑个后合前仰。苏州老爷用了个江北老妈子，端上面汤来，说声“老爷洗罢”，老爷可是勃然大怒了。再如几位上海朋友初见面，请教尊姓：胡，吴，何，或者是成，陈，程，承，若然不将古月，口天，人可，超脚，耳东，禾旁，束腰等中国式的拼法连同说出，岂不要闹得大家通谱，诸如此类，都是音质上的纠纷，并不是四声上的纠纷。但音质之于语言，比四声重要得许多。所以音质上起了纠纷，比四声上所起纠纷，更应注意。但这种音质上的纠纷，若是我们耐着心，把它一个个的检拾起来，也竟可以很多，而按诸实际，它并不能在语言上发生何种的障碍，或使语言的全体，感受何种的不安，又是什么缘故呢？我说：这由于它虽然有发生纠纷的可能，而使它能于发生纠纷的时会，可是很少；它虽然不见得百年难遇，而若就每人每天平均说一千句话计算，恐怕有这样的纠纷的，至多不过一句两句。以一二与一千相比，便大胆说一声不成问题，也未尝不可。因此我想，假使我的国音乡调说竟能受社会的容纳，其结果即使因为有国音无“国声”之故而起纠纷，其纠纷必比原来自然语言中所有的音质上的纠纷，更形微弱。现在我们对于此一纠纷，尚视为不足注意，则将来难免不发生的彼一纠纷，当然是更加不足注意。就我自己说，我在北京住了三年，说我的蓝青官话，因音质上，名物上，成语上，语法上所起的纠纷，也就不在少数；而因四声上所起的纠纷，我所记得的，却只有二次：一次是说一个“瓶”字，一次是说一个“卷”字，都叫人不懂，其余是我的至今改不了的江阴四声，竟完全能适用于蓝青官话。

我们若是把这三年二次的纠纷率,增高到五百倍,即是三年一千次,一年三百三十三次,一天还不到一次。以这样小的成数还要"概不抹零",恐怕未免没趣罢!

我现在的见解,以为有了三十九个注音字母,和一部《国音字典》,我们所希望的国语,已算是呱呱坠地的了。此后我们要如何的抚养它,如何的培植它,总该从大处着力,不应常把小事来牵掣。音的统一是有了张本了,辞的统一怎么办,我们计算到了没有?国语文是有人能做的了,而语法上的差异,还非常之多,我们应当用什么方法使这种差异渐渐减少,而终归于统一?更进一步,应当用什么方法使国语的语法,愈加规则,愈加简单,而一方面仍无背于语言之自然?更进一步,我们都知道这初出世的国语,机能是很薄弱的,我们应当如何使它增进?如何使它能兼有文言及自然语之长,而且更加进步,使它在运用时,灵活到最高度,表示力充满到最高度?最后是如何将埋藏在我们中国语言中的美,使它充分发展出来,使国语于日用境界之外,别多一文学境界?这些事,一方面自然要靠着研究国语的学者,拼着头白老死的功夫去研究;一方面还要靠用国语作文的文人,拼着头白老死的功夫用心去作国语文。可惜我们中国人讲言语,向来是讲声音的兴致最好。所以说到辩论声音,小则打架,大则开仗,武库里刀枪剑戟,什么都有!声音以外,就不妨姑且缓谈。我现在敬告同志:国语问题中的音,已小有结束,即略有枝叶问题,也不必老是杀鸡用牛刀;音以外的事却还很多,而且全未动手,请大家改换个方面罢!

(三)语言教育中的四声。所谓语言教育,看去似乎和前段所说的国语同是一物,因为现在正在推行国语教育,一般人以为国语教育之外,更无所谓语言教育了。但我的意思不是如此。我以为国语与方言是并立的:方言是永远不能消灭的。方言既不能消灭,在方言中就有了语言的教育。而这语言的教育,却并不关于书本:小孩子初会说话,有人教他说"妈",他说"妈",就是语言教育的第一课。我们中国人向来不注意语言的教育,所以语言的能力,比较薄弱。就我朋友中说,语言最干净,明白，有层次，有条理，而声调的高低起落，又恰恰合度的，只有三个人：胡适之，马夷初，康心孚，心孚可是已经死了。此外，似乎无论何人都有点缺点。最普通的是话说不出时，“这个这个……”的不了，而某先生的“仿佛”，某先生的“似乎”，某先生演说二十五分钟有了一百五十九个“然而”也都别有风趣！

诸如此类，并不是我喜欢吹毛求疵，只是借些现成的事实，说明语言中自有教育；而这种教育，却并不是国语所专有，是方言中也有的（若然是方言还没有消灭的话）。

在国语的教育中，如我所说，四声已经不成问题的了，在方言的教育中怎样呢？我说也不成问题，前两月中我已有一封信，与玄同讨论此事。信未留稿，大意是说中国一般人对于四声的观念，即附属于音质观念之上，并不特别提开；把他提开的，只是一班讲声音的人。因此，譬如把刘柳两位，同时介绍给一个外国人，他未免要闹得头痛，若介绍给一个中国人，就丝毫困难没有。这因为是外国人心目中，把刘与柳打了个同音的底子，再去辨声的异同，所以困难；中国人心目中，却以为刘与柳是两个不同的音，刘与柳之在心理上，其距离竟可以相等于刘之与吴，所以全无困难。因此，在语言的教育上，只须把字眼咬得清楚；字眼咬清楚了，正不必道在迩而求诸远，说什么四声五声八声，而四声五声八声却可以自然就范，自然说得正确。我们到乡下去，找个目不识丁的农人谈天，他出语不免有雅俗之分，而四声的辨别，却同我们一样的精确；但他何尝有过工夫，放去了锄头来嗡什么平上去入呢？我们在这上面深思其故，就可以胆大的说：四声在语言的教育上，不成问题。

（四）四声的根本打破说。这也是我同玄同谈过的。我以为四声的根本上存在不存在，只有语言自己有取决之权，我们无从过问。我们尽可以有十二分以上的理山[由]，说它可以不要，或者是要不得，而它自己不肯消灭时，我们竟是奈何它不得。正如男子的乳头，有什么用处呢？但是我有它，玄同有它，吴先生有它，我们三人竟不能割去它。所以吴先生说：“尽管我们永远用不着去理它，它还是永远含在我们炎黄子孙的语[言]文字里面,无论在单音里面,在复音里面,他都存在。”

承吴先生收我为信徒,所以我秉承着他教主爷的旨,宣传这么一会子的教义。但到了此处,我就要说声“亚门”了。教士到说了“亚门”,走出教堂以后,本来就什么都可以随便,所以我以下所说的,许不免是左道旁门的话头了。

(五) 诗的声调问题中的四声。我常常怀疑:中国韵文里面的声调,究竟是什么东西构造成功的?说是律诗里的仄仄平平仄罢,可是在古诗里并不这样,而诵读起来,却也有很好的声调。况且便就律诗说,仄仄平平仄是固定的,而甲地的仄仄平平仄,实际上又完全不同于乙地。那么,声调声调,你究竟是个什么东西?你究竟隐藏在什么地方呢?我曾把这个问题问人,人家说:这是自然的声调!唉,天下着雨,请教天文家:这是什么缘故?而天文家可是说:这是一种自然的现象!

我为着这问题,已经费过许多的工夫,希望能将所得的结果,做起一部《汉诗声调实验录》。但是经过了屡次三番的小成功,却都被屡次三番的小失败推翻了;所以直到现在,简直还没有半句具体的话可以报告。不过我总痴心忘[妄]想,以为能有一天,可构成一个新说,使它能于配合一切体裁的韵文,一切地方人的声口。到那时,如果我所发见的完全无关于四声,便有千万个的唐诗选诗家同我反抗,我也要把四声一脚踢开。反之,如果我所发现的仍不免有关于四声,那么,“君子不贵苟同”,虽以吴先生及玄同的学问上的威权,我也不容易屈倒。

为什么我对于这问题,似乎癖好甚深呢?这是因为我自己,喜欢胡诌几句诗,更喜欢的是胡诌几句白话诗。目下白话诗已有四五年的寿命了,作品也已有了不少了。但是一班老辈先生,总是皱着眉头说:白话诗是没有声调的。便是赞成白话诗的,同是评论一首诗,也往往这一个说是声调好,那一个说是声调坏。我们对于老辈先生的愁眉苦脸,能自己造起一个壁垒来么?对于白话诗的评论者,能造起一个批评的标准来么?同时对于白话诗的作者,能有一个正确忠实的声调向导,引着他们走么?亦许不能;但如其是能的,那就唯有求之于原有的诗的声调。唯有求之于自然语言中的声调，最要紧的是求之于科学的实验，而不求之于一二人的臆测。我相信这东西在将来的白话诗国中，多少总有点用处，所以虽然很难，也要努力去做一做；不幸到真没有办法时，自然也只得放手。

（六）语系问题中的四声。我常以为我们东方的语言，究竟还要靠着我们东方人自己研究；西方人的扣盘扪烛，虽然也有不可尽废之处，大体总有些不可靠。因此对于一个至今未决的中国语系问题，也打算大胆去研究一下。记得有人说过中国西藏安南等语言，都是多声制，他们系统上的关系虽不甚明了，而这同是多声一点，却不可轻易放过。我在三年以前，不相信这一说：以为多声是单音语中免不了的现象，与其问它为什么多声，不如问它为什么单音，所以多声与语系无关。现在一想，这话错了。我还没有切实研究它，怎就能断定它无关呢？我们研究这样的大问题，无论是怎样小，怎样可笑，怎样在表面上全无用处的材料，都不宜放松一点：愈多愈好，必须研究完了，才可以取的取，去的去。所以在这四声上，我打算先就国内各方言区域研究清楚，把各声随着地域变化的形迹画起图来；然后照样的研究国外的声，也画起图来；于是看：这声的变化，由国内而及于国外，接笋不接笋？趋势是怎样的？这样研究的结果，亦许不能，但亦许能在语系问题上，发见了一些什么。如其能，最好；不能，也不过多费去一些工夫，没甚关系。要是不加研究就把它放弃，总有些不忍，总有些不该。

因有诗的声调与语系两问题，还未能完全证实与四声无关，所以四声虽然送进博物院，我还不免跟进博物院去研究。这却应当敬请教主爷特别慈悲，网开一面，暂且不要把他一闷棍打倒。可是我并不以为青年有用的功夫太多，别种可以研究的东西太少，大家应当尽在这四声上闹得永远不了；我以为像我一样的宝贝，有了一二个也就很够了。

但是，你即使能把诗的声调与语系两问题研究清楚了，究竟能有什么用处呢？这我就不得不直招：无用！吃饱饭！没事做！说清话！等于马二先生的“文章以理法为主”！可是人类中偏有这样不可解的怪事；

即如最时髦的《相对论》《心理分析》等等，说来说去，能说得出一半片黑面包来么？因此，我对于这最后一问，只能回答一声“不能答”。

但是我们虽然有吃饱饭没事做的时候，也曾有过饿肚子的时候；所以我读了吴先生序文中论假名式的利器一段，觉得他说得周到到万分，痛切到万分，使我佩服到万分，威[感]动到万分。从此以后，苟有机会可以做些马二先生以外的事，一定竭力做去。

最后还有一些小事应当声明，就是吴先生序文中所引用的我的话，都是我写给吴先生的信里的话，并不是在什么地方正式发表的话。我写信是向来很聊[了]草很随便的；尤其是有一封给吴先生的信，在晚上两点钟以后，不到一点钟功夫，写了六十多行，真不成东西！这里面有“闭眼胡说”四个字，直到吴先生引用了才觉得，我不知道当时是怎样闭眼胡写的？我有什么证据可以断定人家是闭眼胡说？我有什么权力可以说人家是闭眼胡说？我今郑重声明，表示我无限的歉意。又，吴先生所引“四声之构成”一段话，只还是我的一个假定，其中颇有研究改正的余地，一时还说不到发表；不过关于阴阳清浊一层，我本已作成了一篇《南方语中的清浊音》，近因打算把南方的清浊，与北方的阴阳合论，重加增改，暂时搁下；发表之期，却总不远。可是说来说去，我终还做了我自己所骂的人：讲声音的兴致太好呵！

1922 年夏

附录

四声实验录序

吴敬恒

我一是劈头便来贡着谀词，沿袭那韩退之先生们弄应酬笔墨的老套。我是本着良心说话。我说，我们研究声音学的，懂得老古董，还懂得新把戏的，就我所知，没有几位。譬如登一座喜玛拉耶山，现在得着最高度的成绩的，自然是刘半农先生。他是沉浸在跳动的以太中，细大不捐的，在那里搜寻一个个的究竟。区区极微末的四声问题，原值不得在刘先生的百忙中，倒好像一个紧要问题，先来麻烦他。但他又挟着普渡众生的性癖，兼着是一个社会教育家。近年以来，国内为注音字母问题，遂牵起了语学的四声问题。文学的四声，是用眼睛看的，靠几部周秦汉魏六朝唐宋的死书，够打官司，够定裁判，似乎是简便的。唯语学的四声，是用耳朵来听的，要集合了燕秦楚蜀吴越闽广的活口，来打官司，来定裁判，那就麻烦了。所以群声众盲，闹得甚嚣尘上。非但学术上受着不安，倒是实行上尤起了影响，学术上的不安，就缓缓地解决，也是无妨。而实行上起了影响，那就把急不及待的社会教育，眼看着停顿。于是刘先生坐在巴黎的研究室里，费着好多工夫，把什么大问题都暂且搁下，做起这本《四声实验录》来。

他做好了这本实验录，有一个最爱读他书的朋友，又住在最相近的里昂。就是我，他就寄给我先读。晓得我是开了话箱，可以刺刺不休的。他说，你喜欢作个序，就加一个长些的上去，也是无妨。他又加上一个警告道："我所以请你作序，并不是因为你……我以为我们两人，都是研究国语的，我们吾道中人，说吾道中人的话，所以我希望的大序，是一篇学者式的序。当然用不着谬奖。便意见竟有出入，也不妨加进。"我听了刘先生说"学者式的"四个字，便忍俊不禁。我想年来一班学者，迷信学者万能，便对着一个不是学者，也先拿学者去奖住了他——便是刘先生之于我——使他说话留意，这真是我与刘先生意见先有出入的地方。他既许自由，我不妨破空便加着许多不伦不类的话头，说道，注音字母的状况，冷淡到如此，并且硬插入了一个风马牛的四声问题进去，使他生了食积，消化不下，厌厌而病，都是几个学者，把这块普通最有用的马口铁要镶起金刚钻来；于是自己去召来一班伪学者，胡哄一个不休，好像泥中斗兽，胶粘成一片，反把福利一般妇孺的紧要好处，丢在九霄云外；供学者抽起传布的工夫，来谈闲天；这正是古今学者误事的通病。

我今再感触着刘先生国语的两个字，又夹七夹八，加着几句，做我申说下去的张本。我说，国语可以著书，国语可以作文，偏偏有人力争国语做不得诗。然则耕田而食，凿井而饮，他陈死人早把他的国语，做着有名的诗歌，给什么学者都承认，又是何说呢？所以有位学者先生，他呢，着实也会做几首什么选诗唐诗，还着实不错。他什么国学洋学，也都来得。在他道中，也确算得很有根柢。他开了一大篇的中西书目，叫人要成个学者，非遍读不可。但是他的书架上，偏偏放着一部不知那里来的《沈约诗韵》。糟极了！这真好像从前有个老笑语，有位教记忆术的教师，教完了功课，匆匆出门，却忘了一把伞。这便是太把咬文嚼字，算做学者的尊荣。忘了我们自己，也是一个将来的死人。止贪图点几个鬼，替从前的死人，咬住矢橛。点鬼呢，又点错了，才真是要命哩。所以注音字母，止是注音字母。他是苦社会里最有用最廉价的交通福音。何苦学者替他拉扯着音韵学啦，发音术啦，逼他穿戴着靴帽袍套。又加上什么四声啦，五声啦，逼他挂满了金鱼玉珮。叫他止好见官，不便于周旋朋友呢？与注音字母相关的，共是两件事：一件是统一国语，一件是便利妇孺。虽说为百年大计起见，前事自然重过后事。然为一时救急起见，后事乃远重过于前事。因为现在号称四百兆的国民，把五十兆的智识阶级——姑妄言之——背负了三百五十兆的没字碑，要跳过深阔的大河，想脱去亡国的危险，如何能没有“假名式”的书报，做个提精神的圣药呢？无论两千字，甚而至于缩到六百字的简易教育，能追得上几天可以教完，而且万能的假名么？若任目前的太古国民，混沌下去，尽去归咎着军阀政客，难道不想这都是昏百姓放任出来的么？昏百姓的数目，一天不减，便军阀政客的数目，也一天不减。止有少数所谓好人，有什么用呢？长此终古，国是瓜分了，还用得着什么普通官话，什么内城京话，来统一什么国语么？当初制造那注音字母的时节，因为迁就顽固的上流学者社会，所以权将统一国语，来做个招牌；想把假名式的利器，隐在他的背面，哪晓得作始是极简，将毕就很巨。从此便阁在统一国语方面，直斜到音韵路上，倒发达了许多新新旧旧的音韵学说。若说到利用注音字母，来做个假名式的文字，几乎简直没有那么一回事。简直反不及当初官语字母时代，同那简字时代。我老实敢反常的批评一句，这真叫做买椟还珠。

然而急躁也容不得我急躁。我姑且心平气和下来。我虽决决懂不得什么学者，但崇拜学者的根性，由人类有了学便遗传，我也未能独独跑在例外。居然把注音字母做引线，增添了许多新新旧旧的音韵学者，照着我上面的论调，似颇不措意，其实正所谓“其词若有憾焉，其实乃深喜之”，常常破涕为笑，又要靠着一班学者来廓清了迷途，望他自在的能畅达假名式文字的目的。因为《论语》说，欲速则不达。《孟子》上又说，道在迩而求诸远，事在易而求诸难。有如三家村口，风吹倒了一座土地庙，若有人出两毛钱，雇一个泥匠，把他一修整，岂不很简便。无如从此村上有什么一长两短，都可以归咎到出两毛钱的热心家。必要旷日持久，请带罗盘的先生看过，请乡董老爹承认，说不定还要吃过几遍茶，请过两回溺，修起来还是两毛钱雇个泥匠。所以纵使中华民国的注音字母，就那一方面去批评，都要比日本帝国的假名，改良了若干，坦坦然把它做个假名式的文字，教着二三百兆国民，做成千百种的书报，给他们饱读，有何歉然。然而安能有这种痛快的事呢？止好奄奄无气息的，先评量于少数学者的手中。它的情状，好像被这一班学者把持似的，阻挠似的。若粗心浮气，漫骂这一班学者，以为彼等咎有应得，这真叫做大谬不然。我可以喟然长叹，替他们辩护曰，苟其无此一班学者，注音字母的早覆酱瓿，是必然无幸的呀。尝见有一西儒，序一小字典，他的起句说道“字典者，常为妄人所增多”；实则妄人云者，就是不典雅的别名；他的增多字典的势力，是从最适宜于一时需要得来。妄人与学者，常互相乘除，互换地位。今之学者，即前之妄人；今之妄人，即后之学者。妄人挟了最宜的势力，把废物一扫而空，独行其所谓适用，没有不得最后的胜利。但妄人不耐把废物已陈废的功用，细加说明，往往终招着一时的哗骇。在那时也就少不得一个学者，耐着性子，把废物作一个公平确切的估价，然后把它送进博物院，方叫袒护它的朋友，垂头丧气的无词。

那是什么一种简单的把戏，都要经这种曲折。现在且把上面连带提起，文不对题的国语啦，注音字母啦，都不再提；单就关涉这篇序文的本题，所谓四声的，再说一说。有位同刘先生同我都相好的朋友，大家也都知道的，叫做钱玄同先生，若就文学的四声而论，我敢说中国没有几个人，比他更懂得。并且可以加一句趣语，调侃一下，那号称四声的鼻祖沈休文，也还是他的亲同乡。他不恤拉破了学术的尊荣，强力的与四声宣战。他批评那四声不值一钱，真是针针见血。他最近促进了一个复音词的运动，再把四声判了一个不能再辩护的死刑。然而四声虽诚然是此后的一个废物，它却确凿是一个历史的事实。而且尽管我们永远用不着去理会它，它还是永远含在我们炎黄子孙的语言文字里面。无论在单音里面，在复音里面，它都存在。如此说法，若竟蔑视它，不当它是一种特殊的现象，不去寻出它丝毫不走的究竟，给它相当地位，止悍然断它是废物，就到底算不得学者的忠于论学。但是什么叫做丝毫不走的究竟，那就我辈废四声的健将，不能不对那死囚，也说个抱歉。既然还有一个最后的小抱歉，那就是竟可以关着天下人的口，终未能服着天下人的心。所以少不得又要刘先生出马。刘先生不是四声的救主，也一向是废四声的信徒。但他知道这件事，不能用含糊，便可了结。愈加相信它无用，愈加要知道它到底是什么一回事。于是《四声实验录》，遂拿着积久实验的结果，涣然水释，解决了如蜩如螗的纠纷，就百忙中竟送它出了世。

他又告诉我一简单的结语，他说“四声之构成，以高低为主。但若干地方的入声，于高低外，还有长短。入声因特别短之故，因而牵涉音质上发生变化。阴阳清浊，主体是音质的不同；但因音质之不同，也牵涉到高低上发生变化”。本了以上的结语，刘先生将另有更精详的述作。我现在把它写在这个序里，我们合本书前后统观，也便或在此处，或在彼处，刘先生所有的要义，都已经一齐看得出来。

且一说实验，便无所谓更能容推测的理论。所以我们若要不去臆测刘先生的实验，止望实验刘先生实验，乃就先要懂得实验的方法。乃就苦了刘先生。因为实验方法，有的尽管很艰深，定要说得很容易，才能使人人去实验。尽管很容易的，别人对他的同胞，可以不必说，我们对我的同胞，少不了要说，才能使我们的人人去实验。因此，刘先生又说道：

"我以为国内的人，闭眼胡说的太多，有语音学常识的太少。所以一方说方法，一方还在灌输常识。因其是灌输常识，所以讲法也很有些别致。总期什么人都能看懂。而人家要说我把学术的尊荣拉破了，我却不问。但因此毕竟有许多东西，偶嫌高深——太算学的——恐人家看了要睡倒，只得割去，以待将来，这却是遗憾。"然而刘先生所谓遗憾的，其实有人已经懂得实验，要更跑进去，也可以请他自己再跑，刘先生可以不必对他抱歉。我们所苦的，便是闭眼胡说，不懂得实验。所以已经有一千五百年，或则神奇了四声，或则鄙薄了四声，终是可怜。现在苦刘先生不着，拉破了他的学术的尊荣，使我们懂得实验；使我们恭恭敬敬，一点不孟浪，送四声自愿去进博物院；是刘先生对了四声，正已毫无遗憾。

四声何以必要送进博物院？因刘先生的实验，他是忠于学术，止还它一个丝毫不走的究竟。至于功用，据实验的结果，愈加可以证明为极少。四声在历史上的功用，约略是三端：一则同形的字，藉它分别异义。伐人自伐，有个长短，想来起源甚古。二则异形同音的字，藉它分别彼此。这便是到了注音字母时代，更看做神秘，为注音字母推行的大魔障。这两端，如同形异义的分别，在隋唐时就早有人以为从葛洪以来才繁，实属无谓。而同音异形的分别，辨难的也多。如说同音必要异声，而同音同声，往往累十数字，又何以分别他们？最近又有复音运动，需分别的理由更少。诸如此类，对这两端的攻驳，反正在别的文章里，已经无所不用其极；也用不着我在这里挂一漏万的来赘讲。我现在可以就刘先生实验的结果，再轻轻加上一闷棍的——也即是我们常常臆测过的——便是说四声固一定有个四声，但几乎各地各有个四声，就各自留了神，也几乎互相不能辨正。这便是在"普遍"的功用上，直等于零，所以成了博物院里废物。然它尚有第三功用，它是靠了学术的尊荣，自身若最有存在的价值，且从而反庇及于上面马牛其风的两端。上面两端，亦即拉弄这个新贵，可望有选诗唐诗的学者，能出来帮他们霸阻。第三端者，即诗歌的平仄是也。这位平仄先生，在古人分别长短上，我调侃他为新贵；而在四声的名词上，却他是冢子。即因周颙沈约之徒，发明了前有浮声，后宜切响，避免蜂腰鹤膝诸忌，以为声调上得了不传之秘；于是四声四声，升了贵族。直到了变成平平仄仄平平仄，更成了天经地义的圣条。然而……哈哈，我也不屑一驳。他现在一个固定的金刚不坏身，到底是什么东西呢？便是一部阴时夫做的《沈约诗韵》罢了。除了这部《沈约诗韵》之外，前古后今，还有什么配冒充四声。若另有《沈约诗韵》以外的四声，便是大逆不道。如此，这部阴时夫的《沈约诗韵》，一天存在，才一天有诗。无论你口里有五声六声七声八声，你不依那部圣韵，也就不配算诗。所以说到这第三端功用的四声，说穿了，止是一部书而已矣。它万古存在，即它的四声，万古不废。这种四声，并不是能据着什么地方人的口，可杜撰的。也不是刘先生实验录能异同的。这个还配说到存废么？现在听见要废注音字母的人，他便挑起恶感，以为且废了"沈约诗韵"，这不是要拉扯着学术的尊荣，来保护它的运命么？乃尽有"诗人学者"，竟出头做它的护法，真闭眼胡说得可笑。所以止好说，哈哈，不屑一驳了。然中国式的学者，最喜欢为夹缠的遁词。他以为平仄合律，乃是声韵入细，在理为进化。我自应该姑应之曰唯。但艺术的进化，另为一事。进化之迹，亦非一端。诗之严律平仄，不过刘先生实验上高低的一项。词曲家讲及敛唇展辅等等，戏剧家分别尖团之类，且并用音质等而律之矣。如何止有四声，能独霸于艺术界，且艺术之末律，可移殖为语言的信条呢？

然则四声已过去的功用，无一有其价值。刘先生的《四声实验录》，乃为四声送入博物院时，制一四声的行述罢了。

附录

书序赘后

前　人

刘先生著成《四声实验录》，容许我加一个序文，更容许我做得长一点亦不妨；因此我借这机会，说了许多题外的浮话。就我亦不是喜欢羼杂浮话，在题外混闹。因为这《实验录》出世，实为四声增了无限价值。

恐怕在注音字母上牵拉四声的朋友，又添一种保障。所以拉杂在功用方面，更奚落四声一番；诅咒它送进博物院，把这《实验录》做了它身后的行状。这种妄人质直的声口，真全失了学者的态度。其实自己问心，也知道四声自有相当研究的价值。犹之乎我们“直方大”的汉文，也有送进博物院的一天。但我在十五年前，便允许它送进了博物院，它相当的研究价值，说不定还要比现在更高。因为今日他人对于埃及文的研究，就它著着书，把它名着家的，比较我们今日把《说文》名家，替《说文》著书的还多。就现在博物院内埃及文，推测将来博物院内汉文，其盛况既然可以预料；如是，再来旁测博物院内的四声，亦不至于过分落寞，也可以想见。为了那篇瞎三话四的序文，却引出了刘先生许多名论。刘先生不但替四声已经做了行状，还发愿更要替它做着神道碑，墓志铭，家传，年谱，使它什么真相，都传诸千秋，寿诸无穷。这就是不淹没它一毫相当价值。使他在博物院里，经过将来千百年中恒河沙数有兴味的学者去理会它，它终叫不出一声冤枉。这自然是刘先生对了四声，但抱着仁至义尽的中立态度，所以有此真正的不偏不倚。经刘先生不惮烦劳的申说了几句，我那序文里说得太偏宕过火，使对方将起不平的，自然都端正了；最是四声功用的落落数大端，也就格外分明了。一关于语调：刘先生是主张“国音乡调”，那不言而喻，所有固定的四声点子，不会加上注音字母。我反复说了数百语，不及他一语的直截。一关于语系：是把不可消灭的现象，寻出有无异的特性，将因此得到语言上极详密的连锁。这种四声的大作用，便周彦伦等做梦也不曾想到。那要把注音字母加上四声点子的朋友，不消说得，更隔膜了。一关于声调：声调之在诗歌，我在门外闭眼胡说，定敢粗率的承认为不可缺的一元素。虽对于声调，又敢妄下断语，必非专归四声。他与一切属于音声诸事，如音质之类，必然都有关系。例如仄仄平平仄已全为搬弄四声的特技；但有游戏把双声调等出之，便弄到棘棘不上口；就可以证明四声于声调，并未赋有万能。然浮声切响，虽则他的名词，初立于沈休文之徒，实在错综在诗歌之内，成出一种的和谐，是起于有诗歌之始，将至于诗歌之末日。这就是承认四声是声调的重要一成分，亦无不可。所以刘先生说古诗有声调，律诗有声调，白话诗也当有声调，声调都应牵涉到四声，这是我绝对的承认。但即此可见古诗的四声，白话诗的四声，绝不是一部《沈约诗韵》，他止在仄仄平平仄上卖弄本领，能够包办一切的呀。自然更非《五方元音》《李氏音鉴》的四声，能起来代用的呀。这是要请刘先生把实验的结果，一再而三的宣布出来，才有究竟哪。照这样说来，《沈约诗韵》的四声，《五方元音》《李氏音鉴》等的四声，定要送进博物院才是。到博物院里，经文学家具了衣冠，去欢迎出来的，也止是刘先生实验圆满的四声罢了。然而国语的文学，定然需要它；国音的注音字母，还是用不着它。

读《海上花列传》

花也怜侬所作《海上花列传》，现由上海亚东图书馆标点重印。当其清样打成时，恰巧我经过上海，馆中就把校阅清样这一件事嘱付了我。我即有机会将此书细阅一过，自然阅完之后，乐得把所得到的一些见解写了下来。

适之向我说，这是吴语文学中第一部好书。鲁迅在《中国小说史略》中，也将这书看作一部重要的作品；结尾总评一句，说全书用平淡无奇的文笔写成；这在鲁迅先生的严峻的批评中，已可算得推崇备至的了。

胡鲁两先生的说话是如此，自然我所能说的，也不过替他们加上些注解便了。但是仔细一想，话却可以分作几段说。

第一段：说此书的著作者和他著作此书的起因。

花也怜侬究竟是什么人？他的身世怎样？这问题一时还无从回答。据适之说：《海上繁华梦》的作者海上漱石生，是花也怜侬的朋友。适之想去看他一次，仔细打听打听。若然他这一次的访问能有美满的结果，那我就为恭喜他，他又可以大过其考据瘾了！

我们虽然还没有能知道花也怜侬是什么样人，却从清华书房翻印的《海上花》许序中所说，和鲁迅的《中国小说史略》中所说，可以知道他著这部书，除开场所说“具菩提心，运广长舌……总不离警觉提撕之旨”之外，还有一个用意，就是和赵朴斋为难。这件事，或者不是全无根据，因为在《海上奇书》第一期中所载《海上花列传》例言说：

> 所载人名事实，俱系凭空捏造，并无所指。如有强作解人，妄言某人隐某人，某事隐某事，此则不善读书，不足与谈者矣！

这几句话说得何尝不冠冕堂皇！但是我们不要被他瞒过：小说家往往把假造的事，挂上个实事的招牌；把真有的事，反说得子虚乌有。这种办法，几乎已是个不成文的公式。所以本书作者的严重声明，反可以算得个不打自招的供状。

再看书中所记赵朴斋，洪氏，赵二宝三人，究竟有什么了不得的恶德没有？朴斋的谋事不成，堕入下流，是很普通的。洪氏的年老糊涂，全无脊骨，是很普通的。二宝的热慕虚荣，失身为妓，也是很普通的。以朴斋与吴松桥相比，究竟是谁更坏？以洪氏与郭孝婆周兰之类相比，究竟是谁更坏？便与她兄弟洪善卿相比，究竟是谁更坏？以二宝与沈小红黄翠凤之类相比，又究竟是谁更坏？然而松桥周兰等辈的下场，都还不过如此；赵氏一家，却弄到凄凉万分，求生不能，求死不得！而且到了全书结束时，作者居心要糟塌赵氏的痕迹，就愈加鲜明了。赵二宝要想嫁与史三公子做大老母，原也是做妓女的人的极平常的妄想。你说她能做到，固然可以；说她做不到，也就尽够给她消受了。然而作者偏要故弄狡狯，说她预先置办嫁妆，平白的拖上数千金的债，到后来是一场无结果。这也就够之又够的了；然而作者还不称心，还要拉出个赖三公子来大打房间；打了还不算，还要叫她做上一场哭不得笑不得的恶梦，使她“冷汗通身，心跳不止”，才肯放她完结。从这上面看，若说作者与赵氏并无过不去之处，请问他为什么把别人都轻轻的放过了，却偏在这一家上大用气力，不肯宽让一分呢？

这种的事，我们诚然不得不认为著作界中的一种耻辱。但作者是一件事，作品是一件事，处于作者与作品之间的“作的动机”又是一件事。我们应当将这三件事分别而论，不可混为一谈。譬如我们看见欧洲的古监狱或古刑场，若要推溯它当年建筑时的用意或建筑以后所演过的一切惨剧，那就简直可以说：这类的东西都是要不得。非但监狱与刑场，便是皇宫教堂之类，也大都是独夫民贼劳民以逞的真凭实据。但是品评建筑的人，决不能把眼光对着这一方面看去：他们只应当就建筑物的本身上，去估量它在美术上所占的地位与所具的特长，决不能于美不美之外，再管到别的什么。在文学上也是如此，作品若好，作者便是极无行，也不能以彼累此。反之，作品若坏，即使有孔老夫子的亲笔署名，也逃不了批评家的喟然而叹！这本是极明显的道理，中国人却不免糊糊涂涂，彼此纠缠。所以陶渊明的人格，是无可指摘的，一般想吃冷猪肉的老先生，却偏要摇头叹气，说什么“白璧微瑕，只在《闲情》一赋”。这就是因作品以牵累作者了。《金瓶梅》一书，在冷猪肉先生眼中，当然是万恶之首，因为他们看这书时，所看的只是些“如此如此”，没有看见别的什么。但因相传此书作者，是预备写成之后，书角上浸了毒药去报仇的，于是冷猪肉先生，又不得不谅其用心之苦而加以原宥。这就是就作者以论作品了。这种批评的态度，真是错到了十二分以上。我们若不先将这层剖剔清楚，恐免不了出笔便差，全盘都错。我们应当认明著了书想敲赵朴斋的竹杠，或者是敲不到赵朴斋的竹杠因而著书泄愤，乃是花也怜侬名下的一笔账；文笔的好坏，方是《海上花》下的一笔账；这就泾渭分明，两无牵累的了。

第二段：说此书的好处。

一书的好坏，本不是容易评定的。往往同是一书，或同是一书中的某一节，一个人看了以为极好，换一个人看了就以为极坏，而这两种评论的价值，却不妨完全相等。所以我现在所说的此书的好处，也不过把我个人的意思，大致写出来便了。

我们看这部书，看不到几页就可以看出它笔法的新奇。在一般小说中，遇到了事情繁复时，往往把一事叙了一段，暂且搁下，另说一事；到这另一事说得有了些眉目，然后重行搁下，归还到原先的一事。在本书中却不是如此。他所用的方法，可以归作这样的一个程式：

有甲乙二人正在家中谈话，谈得一半，忽然来了一个丙，把话头打断。等到丙出了门，却把甲乙二人抛开了，说丙在路上碰到了丁；两人话不投机，便相打起来。那边赶来了一个红头阿三，将他们一把拉进巡捕房：从此又把丙丁二人抛开了，却说红头阿三出了巡捕房，碰到了红头阿四，如何如何……自此类推，必须再经过了许多的波折，再想方法归还到巡捕房里的丙丁二人，以至于红头阿三，红头阿四等等。

作者自己在《例言》中说："全书笔法，自谓从《儒林外史》脱化出来。"(《海上奇书》第三期)不错，凡是读过《儒林外史》的人，都可以证明这句话一点也不错。但《儒林外史》中只把这种特别的笔法小小用了一用，到了本书，可就大用特用了；《儒林外史》只是做些简单的过渡，本书中可使用得千变万化，神出鬼没。因此我们应当承认：这种特别笔法的发明人虽然是《儒林外史》作者，而能将它发扬光大，使它的作用能于表现到最充分的一步的，却是《海上花》作者。

那么，用这种笔法的好处在什么地方呢？且看作者在《例言》中自己夸扬的话：……唯穿插藏闪之法，则为从来说部所未有。一波未平，一波又起；或竟接连起十余波，忽东忽西，忽南忽北，并无一事完全，部(却)并无一丝挂漏，阅之觉其背面无文字处，尚有许多文字，顾未明明叙出，而可以意会得之：此穿插之法也。势空而来，使阅者茫然不解其如何缘故；急欲观后文，而后文又舍而叙它事矣。及它事叙毕，再叙明其缘故，而其缘故仍未尽明；直至全体尽露，乃知前文所叙并无半个闲字：此藏闪之法也。(《海上奇书》第三期)

这些话虽然是"戏台里喝采"，却句句是真实的，并不是一味"瞎吹"。例如赵朴斋初到上海时，急着要嫖，不论是长三，么二，野鸡，花烟间，什么都好；是明写的；后来手中渐渐的拮据起来，想去找吴松桥谋事，又向张小村呆头呆脑的问了许多费话，也是明写的。自此以后，他如何渐渐的流落到做穿不起长衫的瘪三，又如何同人家相打打破了头，又如何再堕落下去，弄得拉起东洋车起，却并不明写，只在他娘舅洪善卿眼中看出。

这样详的极详，略的极略，在看书的人，却并不觉得它前后不调匀，反觉得这样正是恰到好处。又如张蕙贞的下场，若换别人来写，一定要费上许多笔墨，而仍不免吃力不讨好。因为一向所描写的张蕙贞，乃是明白事理，不任意气的，在青楼中，可算的个幽娴贞静的人物；如今要翻转来说她偷侄儿，着笔自然很难。作者可聪明了。他先从周兰阿珠两人眼中，看见张蕙贞挨了一顿打，可又并没有说出挨打的原因，只在前面无关紧要之处，暗伏一笔，说“两人刚至门首，只见一个后生慌慌张张冲出门来，低着头一直奔去，分明是王莲生的侄儿，不解何事”(回五四)，叫人看了全不在意。到后来，方从洪善卿与阿珠两人闲谈中不慌不忙的说出：

> 阿珠道：“张蕙贞倽勿好？”善卿道：“也不过勿好末哉，说俚做倽！”……“险个！王老爷打仔一泡，勿要哉。张蕙贞末吃个生鸦片烟，原是倪几个朋友去劝仔，拿个阿侄末赶出，算完结归桩事体。”(回五七)

用这样的方法来记述一件不容易着笔的事，真不得不叹为聪明绝顶的笔墨了。又如朱淑人与周双玉二人，鬼迷了也有很不少的时候了。他们俩定情的一幕，在庸手一定要铺排细写的，作者却直挨到了最后一幕，方为简单补出：

> 双玉近前与淑人并坐床沿。双玉略略欠身，两手都搭着淑人左右肩膀，教淑人把右手勾着双玉头颈，把左手按着双玉心窝，脸对脸问道：“倪七月里来里一笠园，也像故歇实概样式，一淘来浪说个闲话，耐阿记得？”淑人心知说的系愿为夫妇生死和同之誓，目瞪口呆，对答不出……(回六三)

至于双玉的人格如何？她对于淑人的交情是真是假？也是直到了最后才说穿：

> “耐个无良心杀千刀个强盗坯！耐说一淘死，故歇倒勿肯死哉！我倒仔阎罗王殿浪末，定归要捉耐个杀坯！看耐逃到陆里去！”(同上)

“耐只死猪猡！晓得是耐阿哥替耐定个亲！我问耐为倽勿死？”（同上）

“劝啥嗄？放来浪等我自家吃末哉碗！俚勿死，我倒犯勿着死拨俚看，定归要俚死末我再死！”（同上）

“一万洋钱买耐一条命，便宜耐！”（回六四）

大家看到了这样的下流声口，就可以断定她一向的天真漫烂是假的，是和李浣芳截然不同的。若再回想到她对于双宝的惨刻的欺凌，就更可以明白这孩子真是要不得，真可以使人不寒而栗。

以上略举数例，已很够证明书中穿插藏闪二法，运用得十分神妙。但问他何以能如此神妙呢？这就不得不归功于方才所说的特别的笔法。若不用这种笔法而用原有的旧方法，就不免重滞拖累，转运不灵。这并不是我凭空瞎说；凡是作过小说的人；只须略略一想，就可以知道我这话不错。

因此，我们若把作者的《例言》改变几个字，把原文的

> 全书笔法，自谓从《儒林外史》脱化出来。唯穿插藏闪之法，则为从来说部所未有。

改做了

> 全书笔法，自谓从《儒林外史》脱化出来。用此笔法，乃能运用穿插藏闪之法，开从来说部中所未有之法门。

那就分外真确了。

自从有了《儒林外史》，经过了如许多的年代，才有一个花也怜侬，看出它笔法的妙处，从而发扬光大，自成一家。从花也怜侬以至今日，又经过了如许多的年代，出过了如许多的小说，却还没有看见什么人能于应用这笔法的。这就可见旧方法的难于打破，与新方法的难得解人。但同时我们也应当知道，这一种特别笔法，是不容易使用的。你若没有相当的聪明去调遣它，没有相当的气力去搬运它，结果只是画虎类狗而已！

其次，让我们来看一看这部书中的描写事物的技术，在最近出版的

无量数的小说中，我们往往可以看见这样的文章：

"啊哟天呀！妈妈你怎么着？"王嬷嬷的儿子含着眼泪说。"唉！我的好儿子，我——好——了——些——了！"王嬷嬷的一断一续的说。

这在著作者，已是卖尽了气力想做白描文章的了。但他大卖气力的结果，只是叫我们不幸的读者多作几番呕！回看这部书中的白描，可真是白描了。我们一路看去，好像是完全不用气力，随随便便写成的。但若真是不用气力就能写成这样大的一部书，恐怕世界上没有这样的便宜事罢！试看王阿二初看见张小村时所说的一段话：

耐阿好！骗我阿是？耐说转去两三个月啘，直到仔故歇坎坎来！阿是两三个月嗄？只怕有两三年哉！我教娘姨到栈房里看仔耐几埭，说是勿曾来，我还信勿过，间壁郭孝婆也来看耐，倒说道勿来个哉。耐只嘴阿是放屁！说来哚闲话阿有一句做到！把我倒记好来里！耐再勿来末，索注搭耐上一上，试试看末哉！（回二）

其中那一句不是用尽了气力做的？然而我们看去，只觉得它句句逼真，不能增损一字，断断不会觉到丝毫的讨厌。其故由于他所用气力，是真气力，是用在文句骨里的，不比低手作者，说不出有骨子的话，只能用些讨厌刺激的字面拉拉场面。再看徐茂荣张寿二人在野鸡潘三家胡闹的一段事：

那野鸡潘三披着棉袄下床。张寿还笑嘻嘻睐着目做景致。潘三沉下脸来，白瞪着眼，直直的看了张寿半日。张寿把头颈一缩道："阿唷！阿唷！我叩得来！"潘三没奈何，只挣出一句道："倪要板面孔个！"张寿随口答道："勠说倽面孔哉，耐就板起屁股来，倪……"，说到"倪"字，却顿住嘴，重又上前去潘三耳朵边说了两句。潘三发极道："徐大爷，耐听哩！耐哩好朋友，说个倽闲话嗄！"徐茂荣向张寿央告道："种种是倪勿好，叨光耐搭倪包荒点，好阿哥！"张寿道："耐叫饶仔，也罢哉！勿然，我要问声俚看：大家是朋友，阿是徐大爷比仔张大爷长三寸哚?”潘三接嘴道:“耐张大爷有恩相好来哚,倪是巴结勿上哓,只好徐大爷来照应点倪哓。”张寿向来安道:“耐听听,徐大爷叫得阿要开心!徐大爷个灵魂也拨俚叫仔去哉!”来安道:“倪覅听!阿有啥人来叫听倪嗄!”潘三笑道:“来大爷末算得是好朋友哉,说说闲话也要帮句把哚!”张寿道:“耐要是说起朋友来……”刚说得一句,被徐茂荣大喝一声,剪住了道:“耐再要说出啥来末,两记耳光!”张寿道:“就算我怕仔耐末哉,阿好?”徐茂荣道:“耐倒来讨我个便宜哉!”一面说,一面挽起袖子,赶上要打。张寿慌忙奔出天井,徐茂荣也赶出去。(回五)

试问我们现在学做《拟曲》,究竟能有什么人做得出这样的一段文章没有?更进一步,我们在无量数的新旧小说中,像这样的文章能有许多没有?

我举这两个例,不过因其篇幅较短,容易写出罢了。此外正有无数的妙文,散见全书之中,细心人随时可以发现。最好的一段,乃是十八回中所纪李漱芳的病状,和浣芳的一片天真(至于四十二回中写漱芳的死,就比较的不甚出色;其写浣芳,却分外有精神)。这段文章,可真用得着高亚白批小赞的《菊花诗》的十五个字来批它:

是眼中泪,是心头血,成如容易却艰辛。(回六一)

他描写事物的手段如此高明,是我们大家可以看得出的。但问他何以能如此高明,我们就不得不注意到两件事,一件是冷静的头脑,又一件是精密周至的观察。

所谓冷静的头脑,乃是无论笔下所写的事物何等纷忙,何等杂乱,在作者总还要一丝不苟,保存他“死样活气”的态度。不然,即使有好材料,也不免毁去。因为用热乱的态度写出来的小说,总是平面的;必须是用冷静的态度写出来的,方是立体的。我用平面立体两个名词来比拟小说,不免有人以为比得不伦不类。但是我请你想一想:你读到过一种一览了无余味,好像是水面上浮着一层油花的小说没有?一定是有的。你又读到过一种小说,它中间的事事物物,好像能一一站立起来,站在你面前的没有？也一定是有的。既都是有的，你就可以相信我所说的平面立体两个名词；更可从这平面立体上，比较出作者的头脑的冷热。但有一层不要弄错：作者头脑的冷热，并无关于所写事物的本身的冷热。热的事物如《红笑》中所写，总无可更热的了；但作者的头脑，仍还同西伯利亚的冰雪一般的冷。至于把冷的事物写热的，那就不必我来举例，你书架上一定堆放着不少！

本书作者的头脑，虽然也不免有热乱的时候，但十分之八九总是冷静的。有了这冷静的头脑，他才能不慌不忙，一丝不乱的将他的白描技术使用出来。我在书中看见这样的两段：

> 莲生等撞过乱钟，屈指一数，恰是四下，乃去后面露台上看时，月色中天，静悄悄的，并不见有火光。回到房里，适值一个外场先跑回来报说："来哚东棋盘街哚。"莲生忙踹在桌子傍高椅上，开直了玻璃窗向东南望去，在墙缺里现出一条火光来。（回一一）
>
> 阿珠只装得两口烟，莲生便不吸了，忽然盘膝坐起，意思要吸水烟。巧囡送上水烟筒，莲生接在手中，自吸一口，无端吊下两点眼泪。（回五七）

"月色中天，静悄悄的……在墙缺里现出一条火光来"，"（把水烟筒）接在手中，自吸一口，无端吊下两点眼泪"：这便是替花也怜侬的脑子画了个小影啊！

精密周至的观察，乃是作一切写实小说的命脉，要是没有，无论你天才怎样的高，工夫怎样的深，总不免一动笔就闹笑话，因为既是写实小说，就决不能"瞎三话四"的。相传花也怜侬本是巨万家私，完全在堂子里混去了。这句话大约是确实的，因为要在堂子里混，非用钱不可：要混得如此之熟，非有巨万家私不可。但在堂子里混了一世的人很不少，混了之后做出小说来给我们看的也很不少，为什么我们所看见的别种小说，都比不上这一部书呢？这就不得不归功于作者的用心视察了。大约别人在堂子里混，只是颟颟顸顸的混了过去；到著书时，糊糊涂涂随便写上些就算。花也怜侬在堂子里，却是一面混，一面放只冷眼去观察；观察了熟记在肚里，到下笔时，自然取精用宏了。况且他所观察的，不但是正式的堂子，便是野鸡与花烟间中的“经络”，以及其中人物的性情，脾气，生活，遭遇，也全都观察了；不但是堂子里的倌人，便是本家，娘姨，大姊，相帮之类的经络，与其性情、脾气、生活、遭遇等，也全都观察了；甚至连一班嫖客，上自官僚，公子，下迄跑街，西崽，更下以至一班嫖客的跟班们的性情，脾气，生活，遭遇，也全都观察了。他所收材料如此宏富，而又有绝大的气力足以包举转运它，有绝冷静的头脑足以贯穿它，有绝细腻绝柔软的文笔足以传达它，所以他写成的书，虽然名目叫《海上花》，其实所有不止是花，也有草，也有木，也有荆棘，也有粪秽，乃是上海社会中一部分“混天糊涂”的人的“欢乐伤心史”。明白了这一层，然后看这书时，方不把眼光全注在几个妓女与嫖客身上，然后才可以看出这书的真价值。

第三段：说这书的坏处。

一部书做得无论怎样好，总不免有些毛病，因为作者的精神，总不免有疏懈的时候，识力也总不免有够不到的地方。但假使只有些局部的小毛病，那就完全算不了一回事；假使毛病不是限于局部而是有关全书大局的，那就不可以轻轻放过了。

本书所有的不能宽宥的毛病，不在上半部而在下半部。自从高亚白尹痴鸳两个狗头名士上了场，书便大大的减色；自从齐韵叟那老饭桶上了场，书更大大大大的减色。原来狗头名士，在本书中断断用不着。即使要用一个凑凑趣，有了方蓬壶也就够极了（书中写蓬壶，着实写得好）。不料作者把蓬壶看做了倒夜壶的运料（回三三），却把亚白痴鸳两个倒马桶的坯料捧倒什么似的，这真令人莫名其妙了。老饭桶，在书中也实在用不着。要用来凑趣，前面有了一个黎篆鸿，配上了一个老怪物屠明珠，也就热闹得可以了。不料后文又大吹大擂请出一个齐韵叟来，又大吹大擂的把书中人大半拉倒了此老门下去。于是一部书顿由趣味浓郁的境界，转入单调的境界，转入无聊的境界：这是不得不替作者万分可惜的。

作者为什么要这样呢？有人说：他所记的是事实，有这样的事实，就不得不这样记。这句话是不能成立的，因为小说家不比新闻记者与历史家，即使所记是事实，也尽该剪裁斟酌，决不能拖泥带水照直写上。又有人说：他是因为前面写了许许多多的堂子经络，不免人家看了讨厌，所以后面转出一番名园景物，名士风流来，使阅者眼光一变。这句话说得近了些了，然而还是不对。因为名园景物，名士风流，根本上就是些死东西，是写不出色的。作者果为别翻花样，以新耳目起见，他为什么不换一个方向，抛开了上等堂子，转将下等堂子，如野鸡，花烟间，私门头，咸肉庄之类，好好的描写一番呢？这本是他擅长的事，他为什么不走这路，却走到一条死路上去呢？

我想来想去，想出了他所以要走这一条路的理由来了。一层是他想把他的理想人物（英雄）表出，二层是他要设法把许多零零碎碎，他自己以为得意的文学作品，插入书中。

他的理想人物，当然就是高亚白。他说他能文能武，而且能医病。这真有些《野叟曝言》中文素臣的臭味了，你看讨厌不讨厌！幸而李漱芳的病，终于是死的；若说自经高亚白一医，便霍然而愈，那就更要糟得不可言喻了！

他所得意的文学作品，我们也领教过了！高亚白的词（回三三），很平常；《帐铭》（回四〇），很平常，尹痴鸳的《秽史》（回五一），文笔也很平常；“鸡”“鱼”“肉”“酒”的酒令（回三九，四〇），不成东西；平上去入的酒令（回四四），更不成东西；求其略略像样的，只有一联咏桃花的诗：

一笑去年曾此日，再来前度复何人？（回四〇，页八）

和一联咏残柳的诗：

借问当年谁得似？可怜如此更何堪！（同上，页九）

至于小赞的一首《赋得还来就菊花》（回六一），真是全无好处（即用做“试帖”的眼光去看，也不过如此），作者却把它恭维得天上有，地下无：这就可以见出作者在诗文上面的见解的谬陋了。

人的知识本不是能向着各方面平均进展，平均发达的；所以作者能有得一支做写实文章的妙笔，而对于做小品诗文的观念，竟如此其谬陋，原不是件离奇的事。所可惜者，他这样一来，把一部很好的书弄糟了。他把很好的篇幅，割出许多来给这些无聊的东西占了去，使人看到了就是讨厌，头痛，这是何苦！他甚至于有时将他所最得意的特别笔法也忘去了：例如从三十八回起，至四十回止，一迳写一笠园中的事，中间除放焰火一段略略有趣外，其余完全是平铺直叙，全无精采，叫看的人看到此处，疑心自己已换看别书，不复看《海上花》，因《海上花》中是处处有波澜，处处有变化，决不是这样单调的。同时他因为要实写齐韵叟的"风流广大教主"的头衔，就不得添上许多呆事，如姊妹花拜把，公祭李漱芳之类：将这类事也混进了书中，书又如之何而不糟！

但是书中虽然有了这许多的坏处，它的好处，却并不因此而淹灭；因为究竟是好处多，坏处少。我们看书的，只须自己能分别它的好坏就是了。

最后一段：说方言文学。

这书中所用的语言有两种：一种记事，用的是普通的白话；一种记言，用的是苏白。在这上面，我们真不得不佩服作者的斟酌尽善。因为普通白话，在小说中及其他白话作品中，已经使用了好久；因其使用了好久，所以它所具的能力，在文句的构造上和在文字与词的运用上，总比较的发达；因其发达，我们拿来记事，自然很便利。但要说到记言，可又是一件事了。因为口白中所包有的，不但是意义，而且还有神味。这神味又可分作两种：一种是逻辑的，一种是地域的。譬如这样一句极简单的话：

我是没有工夫去了，你去好不好？

中间意义是有的，逻辑的神味也有的，说到地域的神味，可是偏于北方的；若把他译作：

我是无拨工夫去个哉，耐去阿好？

就是在同样的意义，同样的逻辑的神味之下，完全换了个南方神味了。假使我们做一篇小说，把中间的北京人的口白，全用普通的白话写，北京人看了一定要不满意;若是全用苏白写,那就非但北京人,无论什么人都要向我们提出抗议的。反之,若用普通白话或京话来记述南方人的声口,可就连南方人也不见得说什么。这是什么缘故呢?这是被习惯迷混了。我们以为习惯上可以用普通白话或京话来做一切的文章,所以做了之后,即使把地域的神味牺牲了,自己还并不觉得。但假使有人能将此中重要细为指出,或有将同一篇文字,用两种语言写成,互相比较,则其优劣得失,便立时可以赤裸裸的表现出来了。我们应当知道各人的口白,必须用他自己所用的语言来直写下来,方能传达得真确,若要用别种语言来翻译一过,无论如何总不免有相当的牺牲。所以文言不如白话,就是因为文言乃是一种翻译品,它将白话中所有的地域神味完全消失了(文言可算得是全无地域神味的文字);同样,若用乙种方言去翻译甲种方言,则地域神味完全错乱,语言的功能,就至少也损失了十分之三四了。

我想我这一段简单的话,已能将方言文学的可以存立而且必须提倡的理由,说得明明白白的了,但方言文学作品不能博到多数人的了解与赏鉴,也是事实。这一层,我却以为无须顾虑,因为文学作品不比得香烟与滑头药,赏鉴的人多,固然很好,便是少些,也全不要紧。况且今后交通日趋便利,以一人而能懂得多种方言的人,必日见其多;而在语学上用工夫的人,也必能渐渐的做出许多方言文典与方言字典来,做一般读者的帮助。

吴语文学的作品,我们已有的是许多的弹词,小曲和小说。但弹词小曲是韵文的,中间所含文言分子太多,不能将吴语的特长充分表现;至于小说,我们还没有能找出比这一部《海上花》更好的。所以直算到今日为止,我们应当承认这书为吴语文学中的代表著作。这是就文学方面说。若就语学方面说,我们知道要研究某一种方言或语言,若单靠了几句机械式的简单例句,是不中用的;要研究得好,必须有一个很好的本文(Texte)做依据,然后才可以看得出这一种语言的活动力,究竟能活动到什么一个地步。如今《海上花》既在文学方面有了代表著作的资格,当然在语学方面,也可算得个很好的本文:这就是我的一个简单的结语了。

此以外,我们还可以在书中找出许许多多有关系的史料。例如明园华众会之类,是上海“洋场”史中的好材料。一碗麦二十八文,四个人的房饭每天八百文,是经济史中的好材料。又如民国六年,我初到北京,有一位老者慨乎言之的向我说:“现在是老爷和太太也同坐马车了;在民国以前,谁也不见这样的怪事!”他这话大约是不错的,因为在二十二三年以前,我初到苏州,还只看见嫖客与婊子同坐马车,没有看见过老爷与太太。今看书中,知道当时便是嫖客与婊子,有时还要分坐两车。这种风会的转移,不又是民俗史中的好材料么?

1925 年 12 月 23 日

重印《何典》序

吴稚晖老先生屡次三番说，他作文章，乃是在小书摊上看见了一部小书得了个诀：这小书名叫《岂有此理》，书中开场两句，便是"放屁放屁，真正岂有此理！"

疑古玄同耳朵里听着了这话，就连忙买部《岂有此理》来看，不对，开场并没有那两句；再买部《更岂有此理》来看，更不对，更没有那两句。这疑古老爹不但是个"街楦头"（是他令兄"红履公"送他的雅号），而且还是书摊旁边的，生着根不肯走的；以他这种资格，当然有发现吴老丈所说的那部书的可能。无如一年又一年，直过了五六七八年，还仍是"千人坑里掬卵子"，半点头脑摸不着。于是疑古老爹乃废然浩叹曰："此吴老丈造谣言也！"

夫吴老丈岂造谣言也哉？不过是记错了个书名，而其书又不甚习见耳。

我得此书，乃在今年逛厂甸时。买的时候，只当它是一部随便的小书，并没有细看内容。拿到家中，我兄弟就接了过去，随便翻开一回看看，看不三分钟，就格格格格的笑个不止。我问为什么。他说："这书做得好极，一味七支八搭，使用尖刁促掐的挖空心思，颇有吴稚晖风味。"我说"真的么？"抢过来一看，而开场词中"放屁放屁，真正岂有此理”两句赫然在目！

于是我等乃欢天喜地而言曰：吴老丈的老师被我们抓到了。

于是我乃悉心静气，将此书一气读完。读完了将书中的笔墨与吴老丈的笔墨相比，是真一丝不差，驴头恰对马嘴。

一层是此中善用俚言土语，甚至极土极粗的字眼，也全不避忌；在看的人却并不觉得它蠢俗讨厌，反觉得别有风趣。在吴文中，也恰恰是如此。

二层是此书中所写三家村风物，乃是今日以前无论什么小说书都比不上的。在吴文中，碰到写三家村风物时，或将别种事物强拉硬扯化作三家村事物观时，也总特别的精神饱满，兴会淋漓。

三层是此书能将两个或多个色彩绝不相同的词，紧接在一起，开滑稽文中从来未有的新鲜局面(例如六事鬼劝雌鬼嫁刘打鬼，上句说“肉面对肉面睏着”，是句极土的句子；下句接“也觉风光摇曳，与众不同”，乃是句极飘逸的句子)。这种作品，不是绝顶聪明的人是弄不来的。吴老丈却能深得此中三昧，看他不费吹灰之力，只轻轻的一凑搭，便又捣了一个大鬼。

四层是此书把世间一切事事物物，全都看得米小米小；凭你是天皇老子乌龟虱，作者只一例的看做了什么都不值的鬼东西。这样的态度，是吴老先生直到“此刻现在”还奉行不肯[止]的。

综观全书，无一句不是荒荒唐唐乱说鬼，却又无一句不是痛痛切切说人情世故。这种做品，可以比做图画中的 caricattire：尽管把某一个人的眼耳鼻舌，四肢百体的分寸比例全都变了相，将人形变做了鬼形，看的人仍可以一望而知：这是谁，这是某，断断不会弄错。

我们既知道 caricature 在图画中所占的地位，也就不难知道这部书及吴老丈的文章在文学上所占的地位。

但此书虽然是吴老丈的老师，吴老丈却是个“青出于蓝”，“强爷娘，胜祖宗”的大门生；因为说到学问见识，此书作者张南庄先生是万万比不上吴老丈的。但这是时代关系。我们那里能将我们的祖老太太从棺材里挖出来，请它穿上高底皮鞋去跳舞，被人一声声的唤作“密司”呢！

我今将此书标点重印，并将书中所用俚语标出又略加校注，以便读者。事毕。将我意略略写出。如其写得不对，读者不妨痛骂：“放屁放屁，真正岂有此理！”

1926年3月2日

《扬鞭集》自序

我今将我十年以来所作所译诗歌删存若干首，按时期先后编为一集，即用第一首诗第一二两字定名为“扬鞭”。

我不是个诗人。诗人两字，原不过是作诗的人的意思。但既然成了一个名词，就不免带着些“职业的”臭味。有了这臭味，当然就要有“为作诗而作诗”的机会，即是“榨油”“绞汁”的机会，而我却并不如此。

我可以一年半年不作诗，也可以十天八天之内无日不作诗。所以不作，因为是没有感想；所以要作，因为是有了感想肚子里关煞不住。

有时我肚子里有了个关煞不住的感想，便把什么要事都搁开，觉也睡不着，饭也不想吃——老婆说我发了痴，孩子说我着了鬼——直到通体推敲妥贴，写成全诗，才得如梦初醒，好好的透了一口气。我的经验，必须这样做成的诗，然后在当时看看可以过得去，回头看看也还可以对付。至于别人看了如何，却又另是一件事。

请别人评诗，是不甚可靠的。往往同是一首诗，给两位先生看了，得到了两个绝对相反的评语，而这两位先生的学问技术，却不妨一样的高明，一样的可敬。例如集中《铁匠》一诗，尹默、启明都说很好，适之便说很坏；《牧羊儿的悲哀》启明也说很好，孟真便说“完全不知说些什么！”

原来做诗只是发抒我们个人的心情。发抒之后，旁人当然有评论的权利。但彻底的说，他的评论与我的心情，究竟能有什么关系呢？

我将集中作品按照时间先后编排，一层是要借此将我十年以来环境的变迁与情感的变迁，留下一些影子；又一层是要借此将我在诗的体裁上与诗的音节上的努力，留下一些影子。

我在诗的体裁上是最会翻新鲜花样的。当初的无韵诗，敬[散]文诗，后来的用方言拟民歌，拟“拟曲”，都是我首先尝试。至于白话诗的音节问题，乃是我自从民九年以来无日不在心头的事，虽然直到现在，我还不能在这上面具体的说些什么，但譬如是一个瞎子，已在黑夜荒山中摸索了多年了。

1926 年 3 月 3 日

《浑如篇》题记

与老友范君遇安(畗)不通讯问者经年，近忽自洞庭山中以所点阅旧书一册见寄，云得之苏州玄妙观前冷摊中者；且言如有复刊价值，即为付之北新主人。书系明刊，都三十六页，首页首行已损，致标题缺如。次行“昭阳元甫沈弘宇述”八字虽完整，殊未易据此考定书名。书中所记都青楼事。明代士夫著书泛记青楼事如此书者，余于十数年前见过三种：曰《嫖经》，曰《嫖赌机关》，曰《幽间玩味夺趣群芳》：中唯第二种之前半，与此书甚相似，亦苦阅时已久，记忆恍惚，不能断其即是此书。今但以开首“世事浑如春梦”句，称之为《浑如篇》云。书中各篇，工拙互见。其工者如《九问十八答》之类，固能洞烛隐微，令人恍然于今古世情，初不相远；即其拙者，亦能于当时风习好恶，语言名物，质实指陈，足供学人之研讨。范君为余中学时同学，二十以后，野处躬耕，读书自适，生平足迹，未到青楼，今复刊此书，固纯乎学人之事也，惜世间不乏心眼不洁之人耳！

1926年6月22日

也算发刊词

两星期前《世界日报》主人来找我办副刊，我却也官气十足的说：容我考虑一下。这并不是故意扭捏，实在因为办副刊，也犹之乎做财政总长。做财政总长要的是钱，办副刊的要的是稿；要是没有稿，也就说不到刊了。

后来我向我的几位作文章朋友探了探口气，问他们愿不愿帮忙。承他们的情，说，可以可以。我觉得空气很好，财政总长的背后有了银行家帮忙，也就不妨走马到任了。

今天是开市大吉，万事亨通之日，照例用得着说几句门面话。

报纸上为什么要有个副刊？这个问题是谁也回答不出的。不过好像是“报谱”上写着，有报必有副刊，于是乎有《世界日报》，就有了《世界日报》副刊。

副刊应当怎么样办？这可没有什么准儿；办的人要怎么办，就怎么办。于是乎一挤，就挤到我身上来了；而我也者，乃是向来说不出什么办法，今日尤说不出什么办法的一个人。

我知道我自己是个读书人，然而读的书是不多的，而且很杂乱的。我虽然偏向着要研究些较为实在一点的学问，如语言学，语音学，乐律学之类，但对于一般的文艺，如诗歌，小说，民谣，杂记之类，也非常喜欢。至于纯粹的科学,只是算学物理两项,有时还要乱翻一下,其余的都觉脾胃不对,或者是从前没有下过预备功夫,现在也就没有勇气去学习。而生平之所绝对不能者,却有三事:即是担粪着围棋之外,再加上一个谈政。

因其不能担粪,所以至今没有能到民间去;因其连着棋也不会,所以非但不能当兵打仗,甚而至于不能和人家打架;因其不能谈政,所以至今是看见了有关于政治的书报就头痛。

这些都是关于我个人的话,何必要唠唠叨叨的说?然而不得不说者,为的是副刊既由我办,事实上就只能依着我的脾胃办去;我的脾胃是如此,那么将来所办出的副刊,也大致就不离乎左,不离乎右。若是诸位中对于这副刊有怀着更大的希望的,我就不妨干脆的预先奉告:你将来一定要失望,你还不如就从今天起,不看这副刊。

此外还有一件事应当说明:报纸并不是教科书,而办报的和看报的,也并不必要戴上方顶大帽子。虽然我们不免有了书呆子的结[积]习,什么地方什么时候都要"三句不离本行"的露出马脚,而实在也很知道专门的讲学文章,应当有专门的书报去发表,决然不是什么普通的日报可以代为经办的。普通的日报,只是给我们随便浏览浏览,将一天中的用不着的光阴,消磨去一部分,而同时也说不定可以得到一些小益处。副刊的作用也只是如此,不过略略偏于书呆子一方。

因此,我们在这副刊里不妨意到笔随的乱谈天,反正我们所谈的是无有不呆的。我与几位同事先生,教书读书当然是正事,而没事时大家聚在一起乱谈天,也就几乎变成了正事一样。有时谈得不投机,大家抬起杠来,也就可以闹得像煞有价[介]事,而实际所争者,也不过是"天地间先有鸡或先有鸡蛋?"一类的问题而已!因此,有人称我们那休息室为"群言堂",取"群居终日,言不及义"之意。这大概是不错的。但我觉得便是这样,也总还比"饱食终日,无所用心"好一些。现在有了这副刊,亦许这"群言"的风气,不免要流播一些过来。若说这种乱谈是不值一笑的,那也就用不着你说,我们自己也早就知道是不值一笑的；而况我们这些人本身，“文不能测字，武不能打米”，也完完全全是不值一笑的。

话说完了。最后一句是：我办这副刊，办得下就办，办不下就滚蛋？合并声明，须至发刊词者！

1926年6月28日

译《茶花女》剧本序

《茶花女》快要印成了，吓！刚巧碰到了这样的大热天，还要挖空心思想出什么话来凑成一篇序，岂非自讨苦吃？

我以为小仲马是不必介绍的，因为凡是读法国近代文学史的人，无不知有小仲马；《茶花女》一剧是不必介绍的，因为凡是读小仲马的著作的人，无不先读《茶花女》，《茶花女》剧中的命意与思想是不必介绍的，因为所有的话，剧中都已写得明明白白，正不必有什么低能儿去替他乱加一阵子注疏。

虽然小仲马在《茶花女》出世之后的十五年，曾做过一篇两万多字的长文章，把十五年中法国官场以及一般社会对于此剧所取的态度与所用的手段，一一叙述，并一一加以辩难，而我却以为这样的一篇文章，尽可以不必译出。因为他是对着法国人说话的，而我们可是中国人！

法国的社会是很守旧的，不错，凡是到过法国的人，都可以知道法国的一般社会，真是旧得可以。但是旧尽可以旧，却是有活气的，不是麻木不仁的。所以要是一旦有了什么个新说，与原来的旧说不能相容的，社会上就可以立时起一个大波动。

中国的社会却并不如此。说是旧罢，六十岁的老翁也会打扑克。说是新罢，二十岁的青年也会弯腰曲背，也会摇头，也会抖腿，也会一句一“然而”。实际却处处是漠不关心，“无可无不可”。

因此，严又陵译《天演论》也罢，译《原富》也罢，译《穆勒名学》也罢，一般青年文学家介绍易卜生也罢，介绍托尔斯太也罢，介绍罗曼罗兰也罢，在中国看去，都好像是全没有什么。杜威来了么？这只是个美国的老头子罢了。罗素来了么？这只是个英国的小老头子罢了，太戈尔来了么？这也只是印度的老老头子罢了。到得欢迎的宴会开完了，桌子上的果皮肉骨扔到了垃圾桶里，此等诸老的思想理论，也就全都扔到了垃圾桶里了！

因此，《茶花女》在中国的命运，也就可想而知。或者是当作闲书看看，或者是摘出一张“幕表”(!)来编排编排，归根结底，只是扔入垃圾桶而已。而他们法国人，可竟为了这一出戏，引起了社会上十五年的波动，也就未免太傻了。然而我费了一个多月的工夫把这一出戏译出，意思里可还希望国中能有什么一个两个人，能够欣赏这一出戏的艺术，能够对于剧中人的情事，细细加以思索。国中能有这样的一个两个人没有？要是有，我把这一部书呈献给他。

1926年7月7日

校点《香奁集》后记

韩致尧《香奁集》，余所见有三本。一《全唐诗》本，一吴挚甫《韩翰林集评注》本。两本所异，要有三端。《全唐》本小传称“《翰林集》一卷，《香奁集》三卷，今合编四卷”，而书中乃析《翰林集》为三，合《香奁集》为一。《评注》本则《翰林香奁》二集，均析为三。此一异也。《评注》本《香奁集》有序；《全唐》本无序，其《全唐文》中所录“《香奁集》自序”，则仅有“遐思宫体”已下一节，前半尽付缺如，盖妄人重文轻事者之所删乙。此又一异也。《评注》本有《初赴期集》、《半睡》、《南浦》、《深院》《荔枝》诸章，《全唐》本均未载。又《评注》本《咏柳》二首，《全唐》本只一首。《全唐》本《想得》一首在《春闷偶成十二韵》之后，而《评注》本则在《闺情》之后。至《评注》本所载曲子《浣溪沙》二首，《黄蜀葵》《红芭蕉》二赋，《全唐》本自在不录之列。此又一异也。舍此三异，两本正文旁校，什九相符。或其初原是一本，传写既频，好事者为之任意补割，遂乃歧而为二耳。集录诗文，不外二法：曰按体，曰编年。两本诗体错乱，初意必是编年之作。而《闺恨》一首，原注壬申年作。后接《袅娜》一首，原注丁卯年作。后越《多情》《偶见》《个侬》三首，接《无题》四首，原序谓辛酉年作。按丁卯在辛酉后六年，壬申又在丁卯后五年。今前后倒置，则又显非编年，两本大病，其在兹乎。至其校订讹异，固自可取。然又仅言“一作”，不记出处，亦疏漏不足为训。此外别有竹坞钮氏袖珍本，康熙癸巳吴郡朱绳初复刊，并按旧本编入拾遗四首，附录《思录旧诗》一首。此本按体编排，甚便读者。今兹所刻，即以为据。其有此本所未收，而见于《全唐》《评注》两本者，则别为录出，附载卷后。惟《评注》本所录《黄蜀葵》《红芭蕉》二赋，不当混入诗中，故从节省。《全唐》《评注》两本所载旁校，今亦一一移录，但仍以此本为主。譬如此本本文作甲字，别两本本文亦作甲字，下注一作乙字者，自应直录；其或此本本文作甲字，别两本本文作乙字，下注一本作甲字，则今刻本文仍作甲字，下注一本作乙字；庶几兼收两本之益，仍留此本之真。或原校失之疣赘，如“奁”下注“一作簽”，“崔国辅”下注“一作辅国”之类，虽为识者不取，要自无伤，故悉仍其旧。致尧诗工夫风格，别有余友沈二作序论之，余惟一己之所深好，故为点校重印。昔居欧洲，案头常有此集，偶心意苦闷，翻取《五更》《南浦》诸章诵之，每每可解。而生平拘谨，见女人不敢正视，至今犹然，甚矣人之诋諆此集者之无聊也！且男女之欲，无殊饮食。必欲抑之，转酿横决病苦诸厄。仲尼采郑卫之诗，渊明作《闲情》之赋，此其所以不可及。而今古妄人，必以绝欲灭情为圣，抑又何耶！

1926 年 7 月 13 日

《半农杂文》自序

我在十八九岁时就喜欢弄笔墨，算到现在，可以说以文字与世人相见，已有二十五年的历史了。这二十五年之中，通共写过了多少东西，通共有多少篇，有多少字，有多少篇是好的，有多少篇是坏的，我自己说不出，当然也更没有第二个人能于说得出。原因是我每有所写述，或由于一时意兴之所至，或由于出版人的逼索，或由于急着要卖几个钱，此外更没有什么目的。所以，到文章写成，寄给了出版人，就算事已办完。到出版之后，我自己从没有做过收集保存的工作：朋友们借去看了不归还，也就算了；小孩们拿去裁成一块块的折猢狲，折小狗，也就算了；堆夹在废报纸一起，积久霉烂，整捆儿拿去换了取灯，也就算了。“敝帚千金”，原是文人应有之美德，无如我自己也不知道什么缘故，在这上面总是没有劲儿，总是太随便，太“马虎”：这大概是一种病罢？可是没有方法可以医治的。

我的第二种病是健忘：非但是读了别人的书“过目即忘”，便是自己做的文章，过了三年五年之后，有人偶然引用，我往往不免怀疑：这是我说过的话么？或者是有什么书里选用了我的什么一篇，我若只看见目录，往往就记不起这一篇是什么时候写的，更记不起在这一篇里说的是什么。更可笑的是在《新青年》时代做的东西，有几篇玄同替我记得烂熟，至今还能在茶余酒后向我整段整段的背诵，而我自己反是茫茫然，至多亦不过“似曾相识”而已！

因为有这“随做随弃”，“随做随忘”两种毛病，所以印文集这一件事，我从前并没有考量过。近五年中，常有爱我的朋友和出版人向我问：“你的文章做了不少了，可以印一部集子了，为什么还不动手？”虽然问的人很多，我可还是懒着去做：这种的懒只是纯粹的懒，是没有目的和理由的。但因为他们的问，却引动了我的反问。我说：“你们要我印集子，难道我的文章好么？配么？好处在那里呢？”这一个问题所得到的答语种种不同。有人说：“文章做得流利极了。”有人说：“岂特流利而已。”(但流利之外还有什么，他却没有说出)有人说：“你是个滑稽文学家。”有人说：“你能驾驭得住语言文字，你要怎么说，笔头儿就跟着你怎么走。”有人说：“你有举重若轻的本领，无论什么东西，经你一说，就头头是道，引人入胜，叫人看动了头不肯放手。”有人说：“你是个聪明人，看你的文章，清淡时有如微云淡月，浓重时有如狂风急雨，总叫人神清气爽；决不是粘粘腻腻的东西，叫人吃不得，呕不得。”有人说……别说了！再往下说，那就是信口开河，不如到庙会上卖狗皮膏药去！

虽承爱我的朋友们这样鼓励我，其结果却促动了我的严刻的反省。说我的文章流利，难道就不是浮滑么？说我滑稽，难道就不是同徐狗子一样胡闹么？说我聪明，难道就不是说我没有功力么？说我驾驭得住语言文字，说我举重若轻，难道就不是说我没有学问，没有见解，而只能以笔墨取胜么？这样一想，我立时感觉到我自己的空虚。这是老老实实的话，并不是客气话。一个人是值不得自己的严刻的批判的；一批判之后，虽然未必就等于零，总也是离零不远。正如近数年来，我稍稍买了一点书，自己以为中间总有几部好书，朋友们也总以为我有几部好书。不料，最近北平图书馆开一次戏曲音乐展览会，要我拿些东西去凑凑热闹，我仔细一检查，简直拿不出什么好书，于是乎我才恍然于我之“家无长物”。做人，做学问，做文章，情形也是一样。若然蒙着头向着夸大之路走，那就把自己看得比地球更大，也未尝不可以。若然丝毫不肯放松的把自己剔抉一下：把白做的事剔了去，把做坏的事剔了去，把做得不大好的事剔了去，把似乎是好而其实并不好的剔了去，恐怕结果所剩下的真正是好的，至多也不过一粒米大。我这样说，并不是要叫人丧气，从而连这一粒米大的东西也不肯去做。我的意思却是相反：我以为要是一个人能于做成一粒米大的东西，也就值得努力，值得有勇气。

话虽如此说，我对于印集子这件事，终还是懒；一懒又是两三年。直到廿一年秋季，星云堂主人刘敏斋君又来同我商量，而我那时正苦无法开销中秋书账，就向他说："要是你能先垫付些板[版]税，叫我能于对付琉璃厂的老兄们，我就遵命办理。"刘君很慷慨的马上答应了，我的集子就不得不编了。但是，说编容易，动手编起来却非常之难。这一二十年来大半已经散失的东西，自己又记不得，如何能找得完全呢？于是东翻西检，东借西查，抄的抄，剪的剪，整整忙了半年多，才稍稍有了些眉目。可是好，飞机大炮紧压到北平来了！政府诸公正忙着"长期抵抗"，我们做老百姓的也要忙着"坐以待毙"，那有闲心情弄这劳什子？唯有取根草绳，把所有的破纸烂片束之高阁。到去年秋季重新开始作删校工作，接着是商量怎样印刷，接着是发稿子，校样子，到现在第一册书出版，离当初决意编印的时候，已有一年半了。

我把这部集子叫作"杂文"而不叫作"全集"，或"选集"，或"文存"，是有意义的，并不是随便抓用两个字，也并不是故意要和时下诸贤显示不同。我这部集子实在并不全，有许多东西已经找不着，有许多为版权所限不能用，有许多实在要不得；另有一部分讨论语音乐律的文章，总共有二十多万字，性质似乎太专门一点，一般的读者决然不要看，不如提出另印为是。这样说，"全"字是当然不能用的了。至于"选"字，似乎没有什么毛病，我在付印之前，当然已经挑选过一次；非但有整篇的挑选，而且在各篇之内，都有字句的修改，或整段的删削。但文人通习，对于自己所做的文章，总不免要取比较宽容一点的态度，或者是自己的毛病，总不容易被自己看出；所以，即使尽力选择，也未必能选到理想的程度。这是一点。另一点是别人的眼光，和我自己的眼光决然不会一样的。有几篇东西，我自己觉得作得很坏，然而各处都在选用着；有几篇我比较惬意些，却从没有人选用。甚而至于我向主选的人说："你要选还不如选这几篇，那几篇实在做得不好。"他还不肯听我的话，或者是说出相当的理由来同我抗辩。因此我想：在这一个"选"字上，还是应以作者自己的眼光做标准呢，还是应以别人的眼光做标准呢？这问题没有解决之前，不如暂时不用这个字。说到"存"字，区区大有战战兢兢连呼"小的不敢"之意！因为存也者，谓其可存于世也。古往今来文人不知几万千，所作文字岂止汗牛而充栋，求其能存一篇二篇，谈何容易，谈何容易！藉曰存者，在我以为可存，然无张天师之妙法，岂敢作"我欲存，斯存之矣"之妄想乎？

今称之为"杂文"者，谓其杂而不专，无所不有也：有论记，有小说，有戏曲；有做的，有翻译的；有庄语，有谐语；有骂人语，有还骂语；甚至于有牌示，有供状；称之为"杂"，可谓名实相符。

语有之："文章千古事，得失寸心知。""千古"二字我决然不敢希望；要是我的文章能于有得数十年以至一二百年的流传，那已是千侥万幸，心满意足的了。至于寸心得失，却不妨在此地说一说。我以为文章是代表语言的，语言是代表个人的思想情感的，所以要做文章，就该赤裸裸的把个人的思想情感传达出来：我是怎样一个人，在文章里就还他是怎样一个人，所谓"以手写口"，所谓"心手相应"，实在是做文章的第一个条件。因此，我做文章只是努力把我口里所要说的话译成了文字；什么"结构"，"章法"，"抑，扬，顿，挫"，"起，承，转，合"等话头，我都置之不问，然而亦许反能得其自然。所以，看我的文章，也就同我对面谈天一样：我谈天时喜欢信口直说，全无隐饰，我文章中也是如此；我谈天时喜欢开玩笑，我文章中也是如此；我谈天时往往要动感情，甚而至于动过度的感情，我文章中也是如此。你说这些都是我的好处罢，那就是好处；你说是坏处罢，那就是坏处；反正我只是这样的一个我。我从来不会说叫人不懂的话，所以我的文章也没有一句不可懂。但我并不反对不可懂的文章，只要是做得好。譬如前几天我和适之在孙洪芬先生家里，洪芬夫人拿出许多陶知行先生的诗稿给我们看。我们翻了一翻，觉得就全体看来，似乎很有些像冯玉祥一派的诗；但是中间有一句“风高谁放李逵火？”我指着向适之说：“这是句好句子。”适之说：“怎么讲法？”我说：“不可讲；但好处就在于不可讲。”适之不以我说为然，我也没有和他抬杠下去，但直到现在还认这一句是好句子。而且，我敢大胆的说：天地间不可懂的好文章是有的。但是，假使并不是好文章，而硬作得叫人不可懂，那就是糟糕。譬如你有一颗明珠，紧紧握在手中，不给人看，你这个关子是卖得有意思的；若所握只是颗砂粒，甚而至于是个干矢橛，也“像煞有介事”的紧握着，闹得满头大汗，岂非笑话！我不能作不可懂的好文章，又不愿作不可懂的不好的文章，也就只能作作可懂的文章，无论是好也罢，不好也罢；要是有人因此说我是低能儿，我也只得自认为活该！

还有一点应当说明，就是一个人的思想情感，是随着时代变迁的，所以梁任公以为今日之我，可与昔日之我挑战。但所谓变迁，是说一个人受到了时代的影响所发生的自然的变化，并不是说抹杀了自己专门去追逐时代。当然，时代所走的路径亦许完全是不错的。但时代中既容留得一个我在，则我性虽与时代性稍有出入，亦不妨保留，藉以集成时代之伟大。否则，要是有人指鹿为马，我也从而称之为马；或者是，像从前八股时代一样，张先生写一句“圣天子高高在上”，李先生就接着写一句“小百姓低低在下”，这就是把所有的个人完全杀死了，时代之有无，也就成了疑问了。好像从前有这样一个笑话，说有一个监差的，监押一个和尚，随身携带公文一角，衣包一个，雨伞一把，和尚颈上还戴着一面枷。他恐防这些东西或有遗失，就整天的喃喃念着：“和尚，公文，衣包，雨伞，枷。”一天晚上，和尚趁他睡着，把他的头发剃了；又把自己颈上的枷，移戴在他颈上，随即就逃走了。到明天早晨，他一觉醒来，一看公文，衣包，雨伞都在，枷也在，摸摸自己的头，和尚也在，可不知道我到那里去了！所谓“抓住时代精神”，所谓“站在时代面前”，这种的美谈我也何尝不羡慕，何尝不想望呢？无如我不愿意抓住了和尚丢掉了我自己，所以，要是有人根据了我文章中的某某数点而斥我为“落伍”，为“没落”，我是乐于承受的。

把这么许多年来所写的文字从头再看一次，恍如回到了烟云似的已往的生命中从头再走一次，这在我个人是很有趣味的；因此，有几篇文章之收入，并不是因为我自己觉得文章作得好，而是因为可以纪念着某一时的某一件事或某一种经验；或者是，因为可以纪念我对于文字上的某一种试验或努力——这种试验或努力，或者是失败了，或者是我自己没有什么成功而别人却成功了；严格说来，这种的试验品已大可扔弃，然对于我个人终还有可以纪念的价值，所以也就收入了。

全书按年岁之先后编辑，原拟直编至现时为止，合出一厚本，将来每次再版，随时加入新文；后因此种方法，于出板[版]人及读者两方，都有相当的不便，故改为分册出版，每三百余面为一册。

承商鸿逵兄助我校勘印样，周殿福郝墀吴永淇三兄助我抄录旧稿，书此致谢。

1934 年 4 月 12 日